DJ

DJ Ritchy 著

幻冬舎MC

D
J

目次

セットリスト No.2（第二章）

セットリスト No.3（第三章）

セットリスト No.4（第四章）

セットリスト No.5（第五章）

Late at night（プロローグ）

1　Dreamer - B.B. & Q. Band

六本木の夜を楽しもうとする人間たちのラッシュは、午後7時頃から始まる。

でも、実際にこの街の夜をセッティングする人間達は、このラッシュの2時間前にはすでに街に入り込んでいる。

そいつらはこの街に群がってくるゲスト達を、いい気分にしてやることができる術を身につけているこの街の魔法使い達だ。

光や音を巧みに操って、訪れた人間達に甘い魔法をかけるのは、みーんなこいつらの仕業。

彼らは、自分のテリトリーをアピールするため、それぞれのポイントにたむろして、巧みな話術を使いこなし、ターゲットを陶酔の世界へと導いてゆく。それを生業としている魔法使い達。

また、彼らとは別の世界に存在し、自分のテリトリーに足を踏み入れた者達を、さらに深くて強力な陶酔へといざなう能力を持ち、蜜よりも甘い呪文を耳もとで囁く、魔女などがその大半をしめている。

それらの者の中にまぎれていても、秘めた存在感の大きさを抑えきれない者がいる。

光と音を自由自在に操り、なによりも強力な魔法を使う能力を備えた者達がいる。

その者達はこの街でＤＪと呼ばれていた。

2　Last Train to London – E.L.O.

営団地下鉄日比谷線、六本木駅。


ここは地下鉄の駅だから当然、長い階段を上らないと駅から外に出ることはできない。

夜もまだ早めで、静かな時間帯なら問題ないけれど、夕方の六時半を過ぎた頃からは、地上にポッカリと口を開けている六本木駅出口の階段から、人間が無尽蔵に吐きだされ始める。

気持ちいいことや、楽しくて面白いことだけを、貪欲に求める快楽の亡者達がどこからともなく、増殖しながら六本木の街中へ流れ込んでいく。

ピーク時の駅階段出口は、ちょっと普通じゃあない。

そこいら中が、ヒマな人間達で溢れ返っている。

それらの大半は、人待ちなんだろうけれど、狭い歩道で動きを止めるそいつらは、まるで乱雑に並べられたドミノのよう。

駅出口から、六本木交差点にあるアモンドの前までは、歩いている者よりもボーッと突っ立ってる奴のほうが、はるかに多い。

六本木で、遊ぶことだけが目的の奴らにとっては、この街の歩道を歩くってことなんか、全然重要なことじゃあないんだろうが。

『この街では、そっちのほうが正解だろうな』あきらめに近い意見。

最後にたどり着くのは、いつもこの意見なんだけれども。

たとえ本人の理解が、あきらめに至っていても、人の澱みによってさらに狭くなった歩道の中、人と人とのわずかな隙間をすり抜けて歩かなければならない人間もいる。

まるで、2輪車のジムカーナさながらのテクニックを使い、体を右に左に切りかえしながら、目的地までの距離を縮める。

そんなテクニックを駆使して、目的地を目指さなければならない者もいる。


地下鉄の階段を上りきるまで、あと15段。

彼はいつも歩いているときに、歩数をカウントする癖を持っている。


あと五歩進めば階段を上りきる。


胸の真ん中あたりに、普段よりも少し暴れ気味な心臓を感じながら階段を上りきる。

その場所で彼は立ち止まり、すでに見慣れた街の人波に視線を向けてマルボロを1本、前歯で噛んだ。

そして右手のライターに左手を添えて、噛んだタバコに火をつけた。

最近の地下鉄駅や、まぁ、地上の駅でもそうだけど、タバコを吸っちゃいけない場所というのが、誰に断ることもなく増えてきた。

そのおかげで、電車を使ってこの場所に来るとき、いつも小さなストレスを感じるようになった。

彼の名前は、水嶋翔一。

この六本木でＤＪと呼ばれる者。

彼は、口にくわえたマルボロの煙を、少しずつ肺に送り込みながら、今すぐに目の前にある分厚い人波をかきわけて、たどり着かなければならない場所へ向かおうか、それとも……と考えている。

彼は、くわえたマルボロが燃え尽きようとする少し手前で足元に落とし、まだ赤いそれを踏み出した右側のスニーカーでねじり消して、そのまま歩き出した。

彼が本来向かうはずの方向とは反対に、比較的歩きやすい方向へと歩き出した。

時刻は午後8時を少し過ぎたところ。

彼は、六本木通りを渋谷方面に向かって歩いていく、30秒か40秒、距離にして50メートルあるかないか、その場所にWAFEがある。

ここは、インポートレコードを専門に扱うショップだ。

彼は、厚い1枚ガラスのドアを開けて店の中へ入っていく。

DJである彼は、なじみのレコードショップへ毎度毎度、飽きるほど足を運ぶ。

ニューリリースが並んでいればそれを買ってくる。

これも、DJである彼の仕事。

彼は、WAFEで何枚かのニューリリース・レコードをチョイスしてから、店の外へでてみた。

時間にして、約30分くらい経っているはずなのに、歩道にはさっきよりも人の数が増えていた。


確実に増えていた。


どうやら彼の思惑は、おもいっきりはずれたみたい……案の定。

「ふぅー」と、小さめのため息を1つはき、足の指先に少しだけ力を込めた。

たった数メートル先も見えないほどに折り重なるこの街の人波に向かって、彼は歩き始めた。

レコードショップを出て右へ、彼はふたたび来た道をもどる。

歩き出すと、すぐ右手に麻布警察署が見える。

彼はその建物にチラッと横目で視線を送り、さらに人深い場所へと進んでいく。

正面に大きな交差点が見える。

角には、待ち合わせ場所の定番アモンドがある。

その先、右手に折れ下っていく坂が、芋洗い坂。

このポイントが、六本木1番の人口密度過度状態地点だ。

マジでここらへんは、人が歩いてもいい場所だとは思えないほど、動きを止めた人間たちで歩道は埋め尽くされている。

その狭いスペースには、いったいいくつの障害物があるのか、見当すらつかないような人だかりに対して、わずかな隙間を見つけ出し、瞬時にそこへ自分の体をすべり込ませる。

3歩先の状況を把握しながら、普段よりもずっと速いペースで歩く、左右に体を瞬間移動させ、人をかわしながら目的の場所へと進んでいく。

毎度のことながら思う。

『こんなに賑わう場所なのに、歩道のキャパシティがお粗末すぎるよ、この街は』

人で澱みまくってるアモンドの正面は、六本木交差点。

六本木通りに交わる2車線道路は、赤坂御所から飯倉坂へ向かう外苑東通り。彼は、その交差点で飯倉方向へと向きをかえる。

『ここらへんの温度が、この街で一番高いだろうな』と思いながら、交差点付近を抜けると少しは歩道らしく、人の澱みは徐々に流れ出したように感じられる。

でもそれは止まっていたものが、ようやく動き出したというだけで、あきらかに他とは違うスピードで歩いている彼にとって、そのくらいの状況変化は変わってないのと、同じ。

さらに、ここからは人波とは違った新しい障害物が、行く手に待ち受けていることも彼は承知している。

アモンドの角を曲がってからもなお、彼の歩行の邪魔をする障害物。それは、アクセサリーを売る露天の店先。

歩道であるはずのスペースに店を広げ、歩道をさらに狭くして、彼の歩行をより困難なものにする状況を、つくり出してくれている。

おまけに、六本木名物『いそべ焼き』を焼く、軽トラックも彼にとってはりっぱな障害物。

移動を目的として歩道を使う者にとって非常に迷惑な状況が、ここに出現しているのだ。

しかし、状況はこんなふうなのだが本人にとっては、けっこう楽しい環境らしい。

人がゴチャゴチャして歩きづらい歩道で、障害物をよけながら早足で歩く、そのことに対して彼は、楽しさを感じている。苦にもなっていないらしい。

やがて、視界の右側にロイビルが、入ってくる。

ロイビルの正面には、外苑東通りをまたぐ横断歩道がある。

それを渡って直進する路地の左角が『六本木寿し』。

反対側の角には『ハンバーガーズ』がある。

二つの店を、隔てている路地。

それは、30メートルほどで突き当たりになる。そのさきは、崖。下は墓地。

彼は、崖の突き当たりを右へターンする。

先の短い行き止まり、路地の左右には、いくつか、見かけだけ新しくて実は古いビルが立ち並んでいる。

左側に立ち並ぶビルの中に、『My Points』と、英字筆記体に曲げられたネオン管が、紫色の重たい光を放っている。

紫色の霧の下には、一枚ガラスの大きなドアがはまっている。

彼は、それを右手でおし開け、店の中へ入っていった。

ここが彼の目的の場所。

「おはようございます」店のエントランスで、彼に声をかけたのはDisco My Points総括マネージャーの井村。

「おはよっス」彼は、挨拶を返しながら自分の仕事場であるダンスフロアーに向かう。

店に着いたとき、時計の針は8時30分をちょっとだけ過ぎていた。

普通なら少なくとも、今の時間より1時間以上前についていているはずなのだが。


ＤＪブースは、ダンスフロアーの奥。ステップを3段あがり、ドアを開けて入るようになっている。

翔一が、ブースのドアを開けて中に入ると、そこには彼の一番弟子で、このお店でサブＤＪを、まかせている山崎がいた。

「おはようございます」と、翔一に声をかけた。

「おはよう、途中でWAFEに寄って新譜を仕入れてきたよ」そう言って翔一は、濃いグレーに、黒いフォントでWAFEと、ロゴの入っている袋を山崎に渡した。

「あれっ、そうでしたか」と言いながら山崎は、翔一から手渡された袋を受け取り、袋から出したレコードをターンテーブルにのせて、針を落とし始めた。

翔一は、ＤＪブースからダンスフロアーに視線を向けてみた。

夜がまだ浅いから、ダンスフロアーには人の影もポツポツといった感じ。

DJとしてのお仕事は、まだ始まらない、もっと夜が深くならないと。

翔一は、このお店『My Points』の専属DJ、つまりハウスDJ。

山崎と呼んだ男も、このお店のハウスDJ。

現在、翔一は『My Points』の他に2つのお店で、DJを担当している。

そっちのほうではゲストDJと、呼ばれている。

専属であり常時お店にいるという形を『ハウスDJ』と呼び、1週間のうち何日か、あるいは何曜日かを、受け持つDJのことを『ゲストDJ』と呼ぶ。

翔一は『My Points』のハウスDJ、そして『チーフDJ』でもある。

つまり彼が、この店のトップ・エンターティナーということ。

六本木には、DJを必要とするダンスフロアーが、かなりある。

そして、選曲する音楽の『ジャンル』も、お店によって細かく微妙に違うはずで、言い換えれば、お店に入っているDJの数と同じ数だけ、選曲する『ジャンル（センスやノリ）』が、存在する。

立地条件なども、重要なポイントだ。そこに集まってくるお客さん達は、一人ひとり、みんな違ったカラー（個性）を備えてダンスフロアーを訪れる。

全く同じ、というものは皆無。

良い、悪いとか、好き、嫌い、などの評価は、お店を訪れた全ての客であるゲストがそれぞれ評価して、それぞれが判断していくことになる。

自分の持つスタイルやファッション、その他だったとしても結局、その人が持つなにかとシンクロ（同調）した部分を認める。

そう判断したときに、人はお店をヒイキにするようになる。

人は、誰でも自分好みの音楽で踊りたいと思う、誰でもそう。

できれば、自分の知っている曲が、たくさん選曲されるほうが踊りやすいし、愉しみやすい。


ダンスが大好きで朝まで、ずっと踊っていたい奴もいれば、それが許されない状況を自身や環境に抱えている奴もいるだろうしね。


深夜を越えて、ほとんど朝って感じの明るさが、空にある。

しかしある店ではその辺の時間からの盛り上がりこそが、このお店のフレッシュ・ピークタイム、なんていう元気印2重丸のダンスフロアーなんか、この街では全然珍しいことでもなんでもない。

例えば、ドア1枚で隔てられたダンスフロアーは真っ暗で、得体の知れない奴らが。

見るからにヤバそうな雰囲気を全身に漂わせた奴らが、ガンガン踊ってる場所。

でも、一歩店から外へ出れば、すずめのさえずりが聞こえる。

そして、表の通りには、足早に出勤を急ぐサラリーマン達が、ビシッとした服装で会社へと向かう姿がある。


5メートルと離れていない空間の中に、相反する人間の行為が、平気で存在している。

六本木ってのは、そういう街。

「DJってのはね。そう、誰でも抱えてしまうことがあるような長い夜にさ、時間をもてあまして過ごしている不幸な奴らを相手にしたとしても、ダンスフロアーの中でならいつでも100％の満足感を与える事が出来るよ。それが俺の仕事なんだから。って言うだろうね、ＤＪなら誰でもね。だから、絶対に手を抜いちゃあいけないんだよ。いつでも、全力」

長すぎる夜を、この六本木で過ごしている奴らは、みんなダンスフロアーでは、

「大マジメなんだよねぇ」

だから、いつでもダンスフロアーの上には単純に、

I WANNA BE DANCE！

な奴だけが、フェードインしてくることになってる。

そんなだからＤＪは、ダンスフロアーに群がる奴らの全てに、とびっきりの満足感を提供できなければいけない役目っつうのを常に背負いながら、ＤＪブースで飯を食っている。

レコード係とＤＪは、全然違う。

例えば、お店が流行るかそうでないかのカギを１００％握っているのはＤＪ。

お店の客入りが減ったとしたら、１番先に切られるのはＤＪ。

「だからさぁ、ＤＪってのは、ダンスフロアーで起こる全てのことを支配する義務があるんだよ。お店に来たゲストにアオられること、それだけは絶対にあってはならないことなんだよね。いつでも、その時自分がどんな状態であっても、持っている全ての才能とありったけのセンスで全ての奴らに、１００％の大満足を与えることが義務なんだ。それが出来なくなったらＤＪは終わりだね。勘違いしてたまに、ＤＪという仕事にすがりついてる見苦しい奴が居るけれど、三くだり半はマネージャーかオーナーが速攻で突きつけてくるはずさ、なかなかシビアな世界だよ」

水嶋翔一というＤＪは、六本木の世界へ入ってから2年の月日が経つのだが、こんなくらいじゃあ、まだまだニューフェイスの部類に入る。

しかし、ある一部のＤＪ達の間じゃちょっとした有名人、という環境にいる。

この街では、ニューフェイスＤＪのスタイルが、少しくらいどうであろうが、ＤＪ同士の話題にのぼったりは滅多にしない。

1日でも早く始めたＤＪ達には、それなりの自信と実績があるから。

じゃあ、なんで彼は六本木で名を知られる存在なのか？

セットリスト No. 1（第一章）

3　Telephone Line - Kraftwerk

翔一が所属しているMy PointsのDJブースに、外線・内線切替のついた電話機がある。チカチカと光る赤い内線ランプの点滅をみつけた彼は、受話器を取り上げ
「DJブースです」と言うと、マネージャーの声が
「翔一君に、お電話が入ってまーす」聞こえた後、すぐに外線に切り替わった。
「はい、翔一だよ。どなた?」彼がそう言うと、相手は
「もしもーし片山です。翔一君、元気?」と答えた。
「なーんだ片ちゃんか、元気だよ俺は、そっちはどうなの」
「まぁ、ぼちぼちってところかな、可も無く不可もなくって感じ」片山と名乗った男はそう答えた。
この男も翔一と同じく、六本木にあるお店のDJ。
歳ははっきりと訊いたことはないが、なんとなくと、見た目で『そんなに変わらないだろう』と解釈して、そのように付き合っている男だ。
付き合いが始まってから、大して時間は経っていない。
「久しぶりだね、片ちゃん今、何処から電話かけてんの?」翔一が訊くと
「うん、今は原宿の『CLUB-H』に入ってる」と、片山は言った。
翔一には、片山という男が何の用で自分に電話をかけてきたのか解っている。

どんな用件なのか、それは次に片山がしゃべりだすとはっきりする。

「ねえ、翔一君さあ今夜『アッタカイノ』ない？」

さっきから翔一が予想していた通りの言葉だ。

（ここでひとつ、付け加えておくが、彼の言葉の中にあった『アッタカイノ』とは大麻のこと、横文字で言えば『マリファナ』）。

翔一は、受話器を耳に当てたまま、首を少し傾けて目をつぶり、何秒か『カタマッタ』後で、

「今夜は、ちょっと持ってないなぁ、少しなの？　それとも、まとまってるの？」

「それが、結構まとまりそうなんだけど『数字』が出てこないんだよね、まあ確実なセンで言えば100から150の間ってところなんだけど完全に、手にのっかる予定を出さないうちは『ダメッ』って奴もいて、かっちりした数字が出ないところなんだよね」片山が言った。

「ずいぶん財布の紐のかたい奴だね、そんなかったるい奴のオーダーは断っちゃえばいいじゃん」翔一が言うと
「いやぁそれも言いにくい相手なんだよねこれが。まあトラブルは絶対にないしキャッシュも、先にツケてもらうことになってるからさぁなんとか翔一君のほうで、やってもらえないかな。品物が確実で、間違いのない人にしか頼めない状況なんでお願いっ」片山が受話器の向こうで、きっと頭をさげてるな、そんなことを『ふっ』と思った翔一は
「確実で間違いのない」という片山の言葉に、気分を良くしたことも手伝って
「ＯＫいいよ、引き受けてあげるよ。明日中にゲットできる日にち、確実なセンで出して連絡するよ。どこへ連絡すればいいかなぁ？」

翔一は、この話に乗り気じゃない素振りを、はじめのうち見せていたけれど、本当はどんな状況でもこの

取引を受けるつもりだった。

少ない言葉のやりとりの中ででも、細かい駆け引きをするようにしている。常に、こちら側が優位に立つという状況を、話がつく頃までに作り上げる必要がある。なぜなら今の会話の中身全部が、立派な犯罪であり、もしも『ドジ』ってしまったら、この身から、自由が失われるということを、彼はよーく知っている。

片山は、明日の居場所と時間を細かくしゃべり、話が一段落しようとしたとき「それと」と、言って再度、会話の主導権を握りなおした。

「値段のことなんだけど」片山が、その言葉を出すまで翔一は、値段を口にしてなかったことに、気づかなかった。

「あっそうだね。今回は100グラム以上になりそうだからグラム2500円でいいよ」と言った。

これまでは、片山が自分自身で使うためのものだったようだが、今回は違う。彼は今回の取引で確実に、利益を出すように動いているのだろう、それは数量をある程度まとめてから話を振ってきたことから考えてみても間違いない。

今まで片山には、1グラム3000円で渡していた。

東京で、マリファナを手に入れようとしたらこの値段は『相場』ってやつだ。

しかし、値段は数量の多い、少ないで変わってくる。一般社会で言うところの『市場の原理』っつうお固い言葉が、こんなアンダーグラウンドな世界の取引にもあてはまるということは滑稽に思えてしかたないのだが。

片山という人間がドラッグ好きであることは、知っている。

片山が、翔一と付き合うことについて、彼のプラスになると、考えていることも間違いない。

翔一にとっても片山の取り扱うマリファナの量が、増えるということは表面的にみて、決してマイナスにはならない、だからふたつ返事で３０００円から２５００円に値段を下げたのだ。しかし、これにはもう一つ理由がある。

片山という男には、どんな小さなことでも自分に対する『不信感』を持たれたくない、それは万が一のとき、非常にマイナスになる要素だから。

「２５００円でいいよ」と言ったとき片山の声のトーンに、翔一が想像した通りの変化が現れたのを聞き逃さなかった。

おそらく、彼の予想していたプライスダウンの額は、２７００円ぐらいだったんだろう。

１グラム３０００円なら、１００グラムで30万円、２５００円なら25万円、その差額の5万円は、片山の利益になる。たった1日、ほんの数時間動いただけで、かなり率のいい仕事なはずだ。

彼に、マリファナをオーダーする人間がいて。翔一との付き合いが、これからも続いていく限りこの利益は、しばらく確実なものであるはずだ。

商売がらみで、繋がる人間には、利益を手に出来るようにしてやらなければならない、それも『一番』と思ってもらわなければ、なんの意味も無いこと。理由は、もう言わなくても解るでしょう。

これは『ハンザイ』だから。

「じゃあ、電話待ってるね」そう言って、片山からの電話は切れた。

翔一が電話してる横で、少しずつ増えてきたダンスフロアーのお客を相手に、選曲をしていた山崎が、片耳にヘッドホンをあてながら

「僕も、少しオーダーさせてもらっていいっスか?」そう言った。

「人の電話を聞いてんじゃないの、ちゃんと仕事をしろよな」と言って翔一は、山崎を睨んだ。目は確か

にきつくなってたが、顔全体は笑ってる。

山崎は、自分の額を手のひらで1度、ペシッと叩いて舌を出した。

それを見て翔一は
「ばーか」目から、険しさを消す。そして頭の中では、こう考えていた。

「そろそろ皆、手持ちのクサ（マリファナの隠語として、よく使われる）が、なくなってくる頃だな」

翔一は、受話器を再度持ち上げボタンをプッシュする。

コールが2度鳴り3度目で繋がった。

「もしもし、翔一だけど」自分の名前を告げると、受話器の向こう側で応対した女性に代わって男の声がした。

「もしもし、おつかれっス」この声の持ち主が、翔一と組んでマリファナの密売をする仲間、名前を鷲尾新二という。

翔一との付き合いは、六本木の隣街にある広尾小学校時代からの付き合い。

良く言えば幼なじみ、悪く言えば腐れ縁。どちらかと言えば後者のほうが相応しい。

「そろそろ、次のオーダーが入ってきだす感じだね。さっき1件、100以上っつうことでオーダーが入ったよ」翔一は、ついさっき入ったばかりの注文を、新二に話す。

「じゃあ、今回はどのぐらい持ってこようか?」新二は、翔一に訊いた。

「俺のほうでは、300（グラム）ぐらいは出ると思うよ」

「それなら今回は、500持ってこようか」新二が言った。

「そんなもんでいいかな。それでねぇ今回、先方から確実に手に入る日にちを、なるべく早く知らせてほしいって言ってるんで、予想がついた時点で連絡ちょうだい。相手はそのときまでに、きちんとした数量を出しておくって言ってるから」

「大丈夫だよ明日の夜までには解ると思うよ、そしたら翔ちゃんのところへ連絡入れます」

「ＯＫ、じゃあよろしく」翔一は、その言葉を最後に受話器を戻した。

彼、水嶋翔一という男には、２つの顔がある。１つはＤＪとしての顔、もう1つは六本木で、マリファナを密売するプッシャーとしての顔。

4　Square Biz - Teena Marie

時間は、そろそろ22時になろうとしている。

お店の中にも、段々と人が増えてくる。

「んじゃ山ちゃん、2曲目に、スローナンバーをかけてフィニッシュしといて、あとは俺がやるから休憩に入っていいよ」そう山崎に伝えてから、彼はＤＪブースの控室に入っていった。

ジーンズのポケットから真鍮製のパイプを取り出して、左手に持ち、右手に持ったライターの火を、つける。

パイプからのびる細い吸い口を、口にくわえて、ライターの火を、パイプの火口に入れる。

パイプの中には、すでにセットされていた淡いグリーンのマリファナが、吸い込んだライターの火にあぶられて真っ赤に燃える。

火口から、吸い口までのびる真鍮製の細い管の中では、火口で燃えたマリファナの煙が一気に吸い込み口から、彼の肺一杯に、充満する。

そして息を止める。限界まで。

その行為を、3度も繰り返す頃には、スピーカーから、はじき出される全ての音達が、体の中にグッと入り込んでくる。

ヴォリュームを、3レベルぐらい上げたように錯覚する。

彼が、控室からブースへ戻るとダンスフロアーで、静かに飛び交う原色の光に目を奪われる。『素晴らしく綺麗だ』感動すら覚えるほどに。

ブースからの視界は異次元的な風景。

それらの全てが、彼のツール。

それらを自由自在に、操ることが彼のお仕事だ。

そのことを思い出した彼は、ラックに収まったレコード達の中から、今夜の仕事をスタートさせるノリを、ピックアップしターンテーブルにのせ、針を置く。

今夜、彼の時間はここから始まる。

ダンスフロアーには、チークを踊るカップルが何組かいるだけ。

ターンテーブルにのせた曲を山崎が、フィニッシュに選曲したスローナンバーにかぶせてフェードインさせる。

2時間のパート（DJが、責任を持って受け持つ時間のこと）は、先が長い、はじめは重たーいリズムで踊るというよりも音を感じて、ハマリ込む感じ。

今すぐ踊りたい奴らを、じらすように。

やがて訪れる2時間後のフィニッシュには、気が狂うほどの絶頂感を、全てのゲストに与えるため1曲1曲丁寧に、トラップを仕掛けていく。

100％の満足感を、ダンスフロアー一杯に感じてもらう、そのためだけにDJは存在する。

翔一が、再びサブＤＪの山崎と交代したのは午前1時を過ぎた頃だった。

「じゃあ、あとはたのむね」彼はそう言って、ＤＪブースからダンスフロアーへ下りた。

このお店によく来る常連の女の子たちに、腕を引っ張られたりしたけど、今夜の彼にはやることがある。

翔一は、ゴメンのポーズを手でつくりながら、フロアーを脱出した。

片山が、今夜オーダーしてきたマリファナの数量は１００グラム以上ということ、そして鷲尾が持ってくる予定の数量が、５００グラム。

差し引き４００グラム弱が、今のところ浮いている。

その浮いているものに、買い手をつけるため彼は、店を出た。

六本木には、ＤＪをやってる知り合いがいっぱいいるがそのほとんどの者が、マリファナやその他のドラッグを、嗜む連中だ。

それは、この六本木だけに限ったことじゃない。

客商売がメインの場所。東京都内で、繁華街と呼ばれてるところならおそらく何処にでも、ある程度の需要があって、需要があるのなら、しっかり供給も、されているだろう。

だから、それらを手に入れる作業はそれほど難しいものじゃない。

新宿、渋谷、赤坂、池袋、このあたりの土地で、ドラッグの類は『あって当たり前』。

その世界を知ってる奴ならきっとそぉ言うだろう、これが現実。

クサのオーダーをとる事なんか、電話で済むことなんだけれど翔一は、大量の人間が彷徨う夜の六本木を歩くのが好き。

他のどんな街よりも、ここは楽しい。もう、真夜中を過ぎてるのに歩道には人があふれてる。

こんな時間になっても、街や人は勢いのある活気を放っている。

「こんな街ほかには、ないよなぁ……」

飯倉方面から六本木交差点を渡り、防衛庁の前を通り過ぎ、乃木坂に向かって歩いていくと、左に折れる道路、星条旗通り。

そこはT字路になっていて、角にガソリンスタンドがある。

六本木本通りを渡ってガソリンスタンドから数えて、3軒目のビルに『NULLS』という名のクラブディスコがある。

ここは、及川誠という名の友人が、チーフDJをやってるお店。

翔一にしては、比較的長く付き合っている友人の1人。

彼が、DJをやろうと思いだした頃、強い力を貸してくれた恩人でもある。

階段を下りていくと、クロークに女の子が1人立っている。

彼は、軽く頭を下げてから
「及川君に、面会したいんですけど」と言うと、女の子は
「どうぞ」と言って、にっこり微笑んでくれる。

ここは、仲の良い友人のいる場所だから幾度となく訪れている。

『いつ来ても、客が入っているなぁ』と思う。

ハヤッテる理由は、DJのウデが、いいからに違いない。

六本木っつってもここらへんは駅からも遠いし、このお店のデザインが特別なわけでもない。お店に相当な、お金をつぎ込んでるようにも見えない、としたらDJの選曲力でつくり出す『NULLS』の雰囲気に導かれて、人が集まってくるということでしょ。

DJブースに視線をやれば、ターンテーブルの前でプレイしているのは、やっぱり及川だった。ダンスフロアーの景色がとってもいい場所で、壁にもたれ、友人の仕事が終わるのを、選曲の勉強も兼ねながら待つことにした。

しかし、彼のパートのフィニッシュは、間もなくやってきた。


ついさっきまでは絶叫しまくる狂人を、何人もつくり出したウイルス性の熱気は、もうこのフロアーから、消えてなくなろうとしている。

静寂が降り始めたダンスフロアーに、仕事を終えた及川がおりてきた。

翔一は、座っていたスツールを降りて、右手を差し出した。


「いやー、お疲れ様です。すごい盛り上がりだったね、思わず圧倒されちゃったよ」

翔一は、素直な感想を口にした。

「ここらに来る奴らはね、赤坂から流れてくるTV局関係の人間が多くて、選曲ミスさえなければ、比較的踊ってくれるから、かえって楽にプレイできていいよ」及川はそう言ってから、

「もう、翔ちゃんのほうは終わり?」と続けた。

「うん、山崎にまかしてきたよ今日は、他にちょっと用事があってね」翔一が言う。

「えっ、用事ってなんかあるの？　俺も、翔ちゃんに用があったんだよ。あとでお店に顔を出そうかなと思ってたんだ」及川が言った
「じゃあ、ちょうどよかったじゃん、ナイスなタイミングだね。で、用事って、これ？」と言って、右手の人差し指と親指で、煙草を挟む形をつくり、煙草を吸うように、唇のところへ持っていった。

このサインは、マリファナに類する言葉を声に出して言わないときに、みんながよく使うポーズ。

翔一の出したサインに及川は、小さくうなずいた。

「なーんだそうだったの、こっちの用もそれだったんだよ」翔一が、そう言って笑うと
「あーっ、そうだったんだ」及川も、一緒になって笑った。

「それで、どのくらいなの量は？」翔一が訊く。

「１００、お願いするよ」及川は、取引する量をはっきりと言った。

「ＯＫ、予定は明日の夜までに連絡する。それでいい？」そう言うと。

「お金は、もう出来てるからね」及川が言った。

二人は、お互いの用件を簡潔に済ませた後、最近の音楽情報や、現在この街にある店や、今後、オープンするという噂のお店なんかについて、語り合ったり。互いが、持っている音楽に対する意見や、見識を述べ合って、気づかないうちに長い時間が過ぎていってしまう、
いつでもそんな感じ。

「ご飯でも食べに行きましょうか」翔一が言う。

あまりにも、話し込みすぎて収集がつかなくなった頃、先に気づいたほうが、会話を強制終了させることにしている。

「そぉだね、おなかもすいてきたね」

「なにを食べようかな。でも、その前にとりあえずは、一服だね」

翔一は、ジーンズのポケットからパイプを取り出しながらそう言った。

5　In My House - Merry Jane Girls

翔一の部屋は、東京と多摩川を挟んで位置している神奈川県の川崎市にある。

そこは、国道沿いに建つ7階建てのマンションの最上階。

寝室のベッドサイドには、テーブルが置いてある。

その上にある電話が、鳴り響いて目を覚ました。

受話器を取り上げ、耳にあてて、「もしもし」まだ眠い目をこすりながら、時計に目をやると、もう午後5時だった。

昨夜は、及川と一緒に食事をして彼の車で、送ってもらった。

まだ、寝ぼけている翔一の耳に、受話器から声が聞こえてくる。よく聞いてみると、それは片山の声だった。

「ごめーん、まだ寝てた?」片山は、すまなそうに言った。

ようやく眠気が、退散し始めた翔一は
「いや、いいよ。もう起きなきゃなんない頃だし。それで量はどれくらいになったの?」

「130グラムお願いするよ」片山は、言った。

「わかった、夜はどこだっけ?」と、今夜の居場所を訊くと
「今日は、ラズィールに入ってるから、そっちへ連絡してください」

「OK、じゃあGETしたらすぐに知らせるから、そんでねぇ、おそらく今夜中にGET出来ると思うから、金は用意しておいてね」翔一が言うと、

「了解、用意しときます。じゃっ、よろしく」そう言って、片山の電話は切れた。

「これで250は、さばけたな」小さくつぶやいた。

及川の100グラムと、片山の130グラム、端数の20グラムは、自分用という計算らしい。

窓辺のハンガーレールに、ひっかけてあるバスタオルを首に巻いて、シャワーをあびようかな、と思ったときにまた、電話が鳴った。

受話器を取り上げ、出てみると車の修理が出来上がったと、修理工場からの連絡だった。

「今日から、車で行けるな」彼は内心、ホッとしていた。


彼の部屋は、国道1号線沿いにある。

国道1号線は別名、第2京浜道路と呼ばれている片側3車線の主要幹線道路。

マンションから、国道1号線に出て東京方面へ向かえば、3分で多摩川を越え、東京都内に入る。

そのまま直進していけば、やがて戸越、そして五反田を抜けた後、高輪台の長い坂を左へコーナーしながら、かけ上がる。麻布十番までは1本道。

彼はこの道を、車で走るのが昔から好きだった。

バスルームから出ると、オーダーの数量が、全部で250グラムだということを、相棒に伝えるため新二の部屋をコールしてみたが、新二は不在だった
「昼過ぎに出ていったきり、まだもどってないわよ」と答えたのは、どの子かな?と、考えてしまうほど、たくさんいる新二の彼女。

翔一は、

「あ、そーですか、わかりました」と言って受話器をもどし、オンフックモニターのボタンを押して、新二が持っているポケットベルのナンバーをコールした。

「こちらはポケットベルです。メッセージを入れ、最後にシャープを2回押してください」

何度聞いても、全く変わり映えしない電子音声が一気にしゃべる。

翔一は、自宅電話のナンバーを打ち込み、シャープを2回押してモニターをオフにした。

そうしておいてから、お店に出る用意に取り掛かる。

服を着終わる頃、電話が鳴った。

『新二だな』そう思って受話器を取り上げた。

「もしもし、翔ちゃんおはよう、ベルは、何？」やはり、新二だった。

「オーダーの数だけどさ、今のところ250グラムだっつーことと、GETの予定は何時頃かなぁと、思ってさ」

「今夜中には確実なんだけど、まだ時間までは解らない。早ければ今夜中に渡せるし、遅くなったら朝方になるかもしれない。どっちにしても今夜中にはOKでしょう」

新二はそんな予測を立てた。

「OK、さすがに早いね。それで今回の引き値は、いくらなの？」翔一が、訊くと新二は
「グラム1000円」と答えた。

引き取りの額を確認した翔一は
「今回のは、全部2500円で出したからね」

新二は、それを聞いて即座に数字を頭ではじく。

「OKそれじゃあ、250グラム×2500円で62万5000円。引き値の50万円差し引いての12万5000円は、折半でいいよね。とりあえず」

500グラム仕入れて、そこから250グラムが、今夜中にさばける。手元に残るのが、250グラム。

残ったもの全てと、引き値（元値）を差し引いた数字、12万5000円、これらが2人の浮き、つまり儲けとなる。

「じゃあこっちは、今夜中に集金を済ませておくからGETした時点で連絡して、今夜からまた車でお店に行くから、深夜でも動けるからね」

「えっ、直ったの？　翔ちゃんのフィアット」

「うん、さっき車屋から電話があってね、今から取りに行こうと思ってるんだ」

「よかったね、これで嫌いな電車に乗らなくて済むんだね」

新二は、翔一の電車嫌いをよく知っている。

「電車はさぁ、コンディションが一定じゃないし、人でいっぱいだしまいっちゃうよね」

翔一は、ほんとに電車が嫌いならしい、他にも理由はありそうだが。

「そうなんだ、じゃあそういうことで、あとで連絡します」そう言って、新二は電話を切った。

支度が済んだ翔一は、嬉しそうに部屋を出た。

6　Get Into My Car – Billy Ocean

「こんにちはー、車を取りに来ましたー」翔一は、たくさんの車が並べられている工場の、その奥に向かって声をかけた。すると
「こっちに、できてるよー」という言葉が、聞こえた。

いつも、翔一のフィアットの面倒をみてくれるなじみの人の声だった。

翔一は声がしたほうに歩いて行き、声の主を見つけた。

「どうも、有り難うございました。やっぱし電気系統のトラブルでしたか？」

嬉しそうに礼を言ってから、原因を尋ねてみた。

「そうこの頃のイタ（リア）車はさぁ、特に電気系が弱いんだよねー。だから今回は、容量の大きなコードをはわして、バッテリーも大きい奴に換えといたから段然、調子よくなってるよ」整備士の彼は、自信ありげに説明してくれた。

「ありがとう、支払いのほうは明日でいいですか?」翔一が訊くと
「いいよ、いいよ、それよりとりあえず早く乗ってみなって、感動するよ。俺も、昔このフィアットほしいなあって、思った時期があるんだよX1／9」

彼は、懐かしそうにそう言った。

「本当ですかぁ、それは嬉しいなぁ、それじゃ早速ドライブしてみます」そう言って翔一は、1週間振りに、X1／9のステアリングに手をかけた。

キーをイグニションにさして、ひねる。

セルが回った途端エンジンが静かに鼓動を始める。

反応がまるで違う、エンジンの音も随分軽くなったみたいな感じがする。

『気のせいかな』と思いながら、シフトレバーを1速に入れて、第2京浜に乗り出す。

道路の混み具合は、いつもと変わらないが、翔一のフィアットは、見違えるように変わっていた。

『エンジンの調子も、よくなったかな?』と思ったのは、気のせいではなかったようだ。

『直してもらってよかったな』素直にそう思えるほど、その走りは軽かった。

2速、3速、4速、3レーンある車道の中央車線を、周りのスピードに合わせて走る。

翔一は、スピード狂じゃあない、どっちかといえばドライブを楽しむ。という感じの走りかたが好きらしい。

彼がドライブしてるフィアットX１／９は、１９７８年式だから、もう10年以上経っている。

だけど、丁寧に乗っているからか、さほど手の掛からない車のようだ。

多摩川大橋を越えて、環状８号線を横切る。

そのまま、東京の中心へ向かうと環状７号、環状６号も、まとめて横切る。

やがてＪＲ五反田駅の、ガード下をくぐる。

なだらかな坂を登りきると、そこは高輪台。高輪プリンスホテルが右に見える。

さらに進むと、左手に明治学院大学のキャンパスが見えてくる。

ここまで来たらもう麻布十番まで10分と、かからない。

十番の交差点を左に曲ると、右側に東京マハーラージャの本店が見える。

交差点から数えて、３つ目の信号を右折すると超、急な坂が鳥居坂。

それを、一気に駆け上がる。

坂の頂上から３００メートル進むと、六本木本通りにぶち当たる。

そこは、ちょうどロイビルの脇に出てくる路。

翔一のお店My Pointsはもう目と鼻の先。

お店の前に、フィアットをとめてドアをロックした。

『ちょっと、早く着きすぎたな』左腕にからまる時計を覗くと、７時を少し過ぎたところだった。

7　Request Line - Rock Master Scott & The Dynamic Three

ＤＪブースの中で翔一がハンバーガーを、ほおばっている。

すると、ブースのドアが開いて

「おはようございます」サブの山崎が、出勤してきた。

翔一は、山崎にハンバーガーを差し出しながら
「おはよう」と、少し、しゃべりづらそうに言った。

山崎はこのＤＪブースで、翔一に雇われる形で、このお店に在籍している。

六本木だけに限らず、何処でもそうだと思うけど。

ＤＪという職業には、普通でいうところの給料、というものはない。

ＤＪに支払われる報酬は、一般的にギャラという。

ＤＪは、そのお店でプレイしていても、お店の従業員のように給料をもらったりしない。

お店はＤＪブースに対して、月ごとに経費を投げる。

その経費の中には、毎月買い足していくレコード代と、音響システムを管理、維持するために必要な物品を、補充する費用、それにＤＪのギャランティーが含まれている。

例えば経費として、月１００万円渡されるとする。レコードは月に10万円、音響システムに対しての経費が、３万円くらいだとすると残りは87万円。

それが、ＤＪ達のギャランティーになる。

１日も休むことなく、営業時間の全てを１人でやり、それなりに客を呼ぶことができれば、この87万円は、１人のギャランティーになるがそれは、ちょっと不可能だ。

ということで、普通ならハウスＤＪとして、２、３人は最低でも必要。

それに、週１日くらいは休みを取る。

そんな日には、オフのＤＪの分、ゲストＤＪを補充したりする。

たとえ87万円あったとしても、振り分けてみれば大したことはない、というのが実情だったりする。

だが、ＤＪはお店の営業時間に拘束されることはない。

自分にわり充てられた時間を、きっちりとやってればフリーな時間帯に、なにをしていようが本人の自由なのだ。

たとえ他のお店にＤＪをしに行っても、誰も何も言わない。

ＤＪの仕事ってのはこのへんに、普通の仕事とは全く違った常識がある。

腕のいいＤＪは、１晩に２、３軒かけもちしている。

当然、月に稼ぐギャラもそれなりに増えてくことになる。

今では、実力で稼ぎを叩き出す。というレベルになったＤＪ達も、初めて入った頃はこの世界で苦労をしたはずだ。


ＤＪになるステップとして、一般的なのは……。


まずは、自分が気に入ったお店にお客さんとして通い続ける。

それから、そこにいるＤＪと可能な限り深いコミュニケーションをとり、あの手この手を使って、やっとこさ見習いＤＪとして、ブースの中に入れてもらえる。


選曲の勉強が出来る場所、それを確保すること。そこから、全てが始まる。

頑張って、その位置につけたとしても、ターンテーブルには触れない。

先輩ＤＪ達の使い走りが、一番最初に与えられる仕事になる。

この時点ではギャラなんて夢のまた夢、ＤＪですらない。

1、2カ月、我慢に我慢を重ねて、やっとのおもいでターンテーブルを使わせてもらえる状況になる。
自分なりに選曲できるようにはなっていくが、それでもダンスフロアーに人が居る時間、ターンテーブルを使わせてもらうことはない。

ギャラは当然、出てこない。


半年も過ぎた頃、5万から10万円ぐらい貰えるのが最高だろう。

その頃になってようやく人の居るダンスフロアーを前にして、選曲させてもらうことが出来る。


そのあとは、自分の持つセンスと磨きぬいたテクニックで、名前を売っていくしかない。


翔一は、ここMy Pointsでチーフ DJとして、この店のDJブースを取り仕切っているが、現在、自分の下でがんばってくれている山崎にMy Pointsのハコ（DJブースのチーフ）を、譲ってやれたらいいなと、よく思うようになっていた。

「なぁ、昨日のオーダーの件で、今夜は動かなきゃならないから任すけど、大丈夫だよな」翔一が、言うと
「大丈夫っスよ、任せてください」と、力いっぱい言った後に続けて、

「今夜入るんですか？」と訊いてくる。余っ程、気になってるようだ。

この山崎もまたDJらしく、マリファナが大好きな奴だ。

「まだ、決まった訳じゃないから確実だとは言えないけどな、連絡待ちの状態だよ。じゃぁ、俺は2時間

ぐらいダーティ・デライトに行ってまわしてくるから、連絡が入ったら、あっちに回してくれな」山崎に言って、翔一は店を出た。

My Pointsを出て、芋洗い坂下にある「ダーティ・デライト」に向かった。

この店は、つい最近出来たばかりのハコ、選曲はソウルよりも重め、ヒップホップを中心に選曲するノリが、この店のカラーだ。

最近のブラックミュージックは、全体的にヒップホップの方向へ向かっているような感覚がある為に、どうも正統派ソウルが、古めかしいものに、感じられるようになってしまっている。

翔一は、ダーティ・デライトでプレイするほうが、楽しい。そう思うようになっていた。

内心ではこっちの店に、入りびたりたいとは思うけれど、もう1つ彼が抱えているアンダーグラウンドな部分のことを考えるとMy Pointsをメインにおいとくほうが、なにかと都合がいい、というのは確かなことなのだ。

『思う通りに、ならない』これが、何事においても楽しくやるコツなのかも知れないな、翔一は、そう思って自分を納得させる。

8　My Simple Heart – Carol Douglas

ダーティ・デライトで仕事を終え、彼がMy Pointsに歩いて戻って来たのは、10時半ぐらいだった。

「お帰りなさい」山崎が、言った。

My PointsのＤＪブースには、山崎と見習いＤＪの理恵子が入っている。

「連絡無かった?」山崎に訊くと

「まだみたいです」彼は、そう答えた。
「そっか、じゃぁ先に集金してくるわ。さっきと同じく、連絡はラズィールか、NULLSにまわすようにして。俺は、どっちかに居るから。連絡が無ければ、1時間ぐらいで戻ってくるからさ」翔一が言うと
「わかりました」と、山崎は答えた。

今夜は平日だけどこの街は、いつもの通り。

歩道には、人があふれてる。

最近ではこの日本の経済が『マジっすか？』というくらいに、馬鹿馬鹿しいほどの、膨張を続けているらしい。

土地の値段は、非常識な高騰を続けている
今まで過ごしてきたこの社会には、決して存在していなかったもの。

新しくて、しかもとても胡散臭いビジネスが、この国のあっちこっちで正確だったはずの歯車を、外しまくっているらしい。

豊かすぎる。

そう評価され始めたこの環境は、人の理解の及ばない角度から広がり始めてしまった歪みという闇に飲み込まれ翻弄され始めたように思える。

いつものようにみんなは、『それ』に気づかない振りをしているらしいけど、そのうち、手に負えないところまで行ってしまいそう。

そんな現在に対して、誰が使い始めたのか知らないけれど、『バブル』という形容詞が、この時代に与えられていた。

『俺の大好きな六本木。今はまだこんなにパワーが充ちているれけど、ここにある賑わいは、このまま永遠に続いていくことができるのかなぁ』そんなことを考えながら歩いてると、少しだけ寂しさを感じてしまう。

『今夜の俺はテンションが、低いな。どっか体の調子でも悪いのかな？』なんて思いながら、翔一は片山の居る店、ラズィールへ向かった。

ラズィールは、六本木で最もダンスフロアーが密集している場所。

六本木クエストビルに、隣接したビルの4階にあるハコだ。

あまり広いハコではないけれど、ダンスフロアーは、目一杯広くとってある。

さらに、このお店のライティングは特別仕様。

他では、絶対に観れないようなシロモノが入っている。

翔一が、知ってるお店の中では1、2位を争うポジションにある。

もちろん、このお店にもかなりの人気が集まっている。

でも、場所が場所なだけに、店としてのカラーが出しづらいらしくて、選曲の幅はかなり広め。

4Fでエレベーターを降りた翔一は、クロークにいるマネージャーに、会釈して「DJの片山君に面会！」と、ちいさめの声で怒鳴りながら、店の中に入っていく。

DJブースに近づくと、片山は翔一を見つけて、一段高くなってるDJブースから下りてきた。

ラズィールのDJブースは、フロアーから1メートルぐらい高い位置にセッティングされている。だから、ブースからはダンスフロアーを見下ろす感じだ。

『気分が良いだろうなぁ』いつも思う。

店内は当然のことながら大音響が、はじけまくっている。そのため、お互いの耳の近くで、大声を出して話さなければ、ちっとも聞こえやしない。

「朝までには、GET出来る予定なんで、先に集金しときたいんだけどいいかなぁ」翔一が怒鳴ると「OK、ちょっと待っててー」片山も同じく怒鳴る。

ブースに置いてあったバッグから、封筒を取り出して翔一に渡した。

「ちゃんと、入ってるからね」片山が、さらに怒鳴る。

「OK」翔一が、片山の耳の近くで大声を出して答えた。

片山は、自分のパートだったらしく自分の耳に、受話器の形を作った手をあて、「じゃあ、連絡まってます」と言いながら、DJブースに戻って行った。

翔一は、手を振って店の出口に向かった。

再度、クロークに突っ立っているマネージャーに会釈だけをしてエレベーターに乗り込んだ。

彼は「ふうー」と、1つ息を吐いた。

ラズィールには、もの凄いパワーが充満していた。

全く別の目的で、あの場所を訪れた翔一は、ラズィールに渦巻いていたパワーに圧倒され気味で。

「いやー、まいったな」と、つぶやきながらエレベーターのボタンを押した。

翔一の乗ったエレベーターが1階に近づくにつれてラズィールの放つ大音響が、フェードアウトしていく。

1Fで、ドアが静かに開いた。エレベーターの前には、これから上がって行こうとする人間で、あふれている。

『うわっ』と、思いながら出口へ向かう翔一に、声をかけた女性がいた。

「さっきダーティ・デライトで、DJをしていた人ですよね」と、言いながらエレベーター前の人ごみで、ゆっくりとしか歩けないでいる彼の傍に寄ってきた。

翔一にしてみればこの街で、全く知らない女性に、話しかけられることなんか、今まで数え切れないほどあったことだ。

でも、今夜はなんか少し違う。話しかけてくるその女性を、いつもとは違う意識で受け入れようとしている自分に、気がついていた。

彼女に顔を向けてよーく見れば確かに、見覚えがあった。

『ダーティ・デライトに、俺が居たことを知っているのなら俺が、あそこに居た時間に、そこに居たお客さんの1人だろうな、当然ながら』

彼が思い出そうとして、もう一度彼女に視線を向けたとき。

「あーそうかぁー君は、リクエストしにＤＪブースまで来たよねぇ、あのリクエスト俺が、かけてあげたでしょう、ちゃんと聴いてくれてたぁ？」

はっきりと思い出した翔一は、なぜか大きな声を出していたが、本人は、それに気づいていない。

今夜、いまいち堅かった彼の表情には柔らかさが戻ってきていた。

また彼女は、目の前に居るＤＪが真剣に思い出そうとして、自分を思い出してくれたことに、喜んでいた様子だったけれど、こんな話を始めた。

「私、いろんなお店でリクエストお願いに行くけど、ほとんどのＤＪはリクエストにこたえてくれないの。でも今夜のあなたはすぐにかけてくれたよね。リクエストの最後まで、しっかりかけてくれたから私も、ちゃんと最後まで聴いてたの。そのときにね。もし、偶然どこかで逢えたら絶対に話しかけようって思っていたの」

彼の歩いていく方向へ、一緒になって歩き出しているその女性は、嬉しそうに話している。

彼は、違和感なく隣を歩く彼女の話を、DJとして聞いていた。

いつもならとんでもなく速い、彼の歩き方も、となりを歩く彼女に合わせているかのように普通だ。

「ねぇ君、名前はなんていうの？　良かったら教えてくれないかな。僕は、水嶋翔一です。よろしくね」

名前も知らない間柄、というシチュエーションも嫌いじゃあないけれど、本題に入る前に、自己紹介を先に済ませてしまった。

「私は佐藤香子、きょうという字は、かおりって書くの、よろしくね」


彼女は、右手を差し出した。

翔一は、差し出されたその右手に、自分の右手を重ねた。


彼と彼女はつい、さっき出逢ったばかり。

どんなときでも、握手を求めるのはいつも彼のほうからだったはず。

この街で、1日の大半を過ごすようになってから、初めて逢った女性と打ち解けることなんか数え切れないほどあったはずだけど、今夜のこの出逢いはそれまでに数々あったものとは違う。

どこが、どう違っているのか。何が違っているのか彼には、まるで解らない。でも、全然違っていることだけは認識できる。

とても不思議な感じ。

妙に心地よい感覚が、体中に広がっていることだけが感じられていた。

上手く言い表すことが出来ない。

翔一と香子は、握手をした手を解いて並んで歩き始める。

「翔一君？　それとも翔一さん？　どぉ呼んだら、いい？」香子は横から翔一の顔を覗き込むようにしながら言った。

彼は、ちょっと深刻そうに考える振りをしてから、

「うーん、できれば、『翔ちゃん』っていうのが、いいんだけどなぁー」覗き込む香子の瞳に、自分を映しながら言った。

「翔ちゃんか、翔ちゃんね。そうね、翔ちゃんが、いいわね。呼びやすいし」

彼女が、自分の名前を呼ぶたびに返事をしそうになる自分に、気づき、滑稽な自分を、押し留めようとして赤面していた。

『夜が暗くて、よかった』

そして今度は、翔一が
「じゃあ香子ちゃんのことは、なんて呼んだらいいのかな？」同じふうに、訊いてみた。

「私は翔ちゃんが、思ったふうに呼んでくれれば、それでいいわ。でも、全然、別の名前なんかで呼んだりしたら怒っちゃうからね。たとえ寝言でも」そう言って、香子は翔一を見つめて微笑んだ。

予測できなかった彼女の言葉と自分に向けられた微笑の美しさに、彼の意識は、局所麻酔をうたれたように、麻痺してしまった。

でも、その麻痺は一瞬だけ。また、すぐに意識は元へ戻ってくる。まるで、即効性の麻薬のよう。

翔一にとって、この何分間は夢の中にいるような、今までに経験したことのない時間だった。

横には、香子がいる。

行く先すら尋ねようとせずに、楽しそうに微笑みながら歩調を、合わせて歩いている。

「香子ちゃん、さっきのリクエストの話なんだけど、確かにリクエストを迷惑がるＤＪが、たくさんいる

ってことは僕も認める。人によって、考え方は分かれるだろうけど、僕の考えを言えばね、お店に来てくれたお客さんが、聴きたいって言ってる曲は何よりも優先してかけるべきだと思うんだよね。だってさ、ＤＪっていっても、基本的にはサービス業だからね。お店に、来てくださるお客さんよりも大切にしなきゃならないモノなんて、あるはずがないんだよね。でも、ＤＪの立場から考えてみるとさ、自宅で一生懸命、選曲の練習をしてたりするのも、同じところにある思いな訳でさぁ、来てるお客さんに自分がしてきた努力の成果を聴いてほしい、そう思ってプレイしてるときにはやっぱ、複雑なものがあるし、リクエストされた曲によっては、ＤＪのイメージしていた時間が、ストレスに変わっちゃう場合もあるのね。練習してきたものを完璧な状態で、フィニッシュさせたい。そういう思いが、何よりも強くなっちゃうタイプのＤＪもいるんだよね。僕なんかは、音や曲に対して好き嫌いや偏見なんか全く無いし、ＤＪという職業に対しての考え方も、他の人とは違ってるところなんかもいっぱいあるし、スタイルってやつですか？　全てにおいて柔軟に対応できる技術や能力があるってことのほうが、重要な場合もあると思うから。だから、たまたまそういうタイミングのときにリクエストを持っていっちゃっただけで、そん時、対応してくんなかったＤＪも、普段はちゃんとやってると思うんだ。他の店で香子ちゃんが、いやな思いをしたのなら、全てのＤＪ達に代わって約束します。僕は絶対に、リクエストを無視するようなことはしないよ。こんなもんで、どうでしょうか？　他人のミスを、僕が謝っても意味のないことだし、そんな必要もないはずだからね」

香子は、翔一の持っているＤＪとしての真面目な考え方と、お店に来るお客さんと、多くの言葉を交わすことは滅多に無いんだけれども、そこには確かに存在しているコミュニケーションと、それを、感じとれる彼の持つセンスに、ふれて一種の感動を覚えていた。そして

「翔ちゃんは、とてもやさしい人なのね。それに、きちんと筋の通った考え方を持ってるし、その考え方をはっきりと主張できる人なのね」

香子は、素直に感じたままの感想を言った。

「それほどでもないけどね、まだまだ修行中です。ホントに」翔一は、本心を口にした。

最初に、交わした中身のある会話のあと、今まで少しだけ離れていた2人の肩は、完全に触れ合える距離に近づいていた。

2人が向かう「NULLS」まで、時間にして10分ぐらいの距離。

歩くだけで、こんなに充実した気分になったのは初めてかも。

今夜、出逢ったばかりの2人はお互いに、同じ感想を持っていた。


翔一が、女性と一緒に入って来たのを発見した友人は、

『最近は、滅多に女性を連れて歩かなくなった男が珍しいな』

だから、及川は彼女にもきちんとした挨拶をしてくれる。


「じゃあ翔ちゃん、これをお願いします」と言って、及川君は白い封筒を手渡し
「仕事があるから、また後でね」そう言って、DJブースに戻っていった。

翔一は、香子のためにスツールを引いてやり、向かい合う位置に座る。

ゲストの位置が決まると3秒後には、NULLSのフロアーが、間髪を容れずにドリンクオーダーを、取りに来る。

2人は、それぞれオーダーを伝える。フロアーは、軽く会釈をしてさがった。

テーブルを挟んで向かい合った2人はしばらく、お互いを見つめ合っていた。

やがてオーダーが、テーブルの上に置かれる。

今夜のNULLSには、なぜかあまり人が居ない。

DJの選曲も、合わせておとなしめの曲をチョイスしている。

2人は目を逸らそうとしない、表情も変わらない。

まるで鏡に映っている自分の顔を見ているように。

2人のあいだを、静かに時間が流れる。

透明な空気中を、青い煙が漂いながら移動するそんな感覚。

やがて、翔一が言った。

「香子さん、あきちゃったりすることは、なさそうですか?」

「ないと思う、こういうときの私の勘は絶対にはずれたことがないのよ」

2人はお互いに一言ずつ言葉を交わした後、テーブルに置かれていたグラスのストローに、唇をあてた。

「失礼いたします。水嶋さんに鷲尾様とおっしゃる方からお電話が、入っていますが」

そう告げに来てくれたのは、先ほど絶妙なタイミングで、オーダーを取りに来たフロアー君だった。

翔一は席を立ち香子の視線に小さく微笑んで、フロアーが先立ち、案内する場所へと向かった。

「こちらです」フロアーは、エントランスに置かれたテーブルの上に、外して置かれている受話器を取りあげ、左手を添えて翔一に渡す。

翔一は渡された受話器をを耳にあて、

「もしもーし、翔一です」と言った。

「翔ちゃん? 俺、新二。今帰ってきたよー疲れたよー。GET完了ですー」

かなり忙しい取引だったのか、向こう側の男はまだしゃべり口に忙しさを表している。

「お疲れ様、ご苦労さんです。こっちのほうも、終わってるから、そっち行ってもいい?」翔一が、訊く

と
「いいよ、いいよ、全然大丈夫だよ」鷲尾新二は、しばらく落ち着きそうにない様子だ。

「じゃあさ、1つ頼んでもいいかなぁー、100グラムのブロックを2個と20、30グラムブロック1個ずつ作っといてくれる？」彼は、今夜中に渡す予定のマリファナを、引き取ったらすぐに渡しに行けるようにしといてもらうことにした。

「OK、OK、解りました。了解ですー、以上ですか？」

今夜の奴は、かなりハイテンションだな、そう思った翔一は、

「じゃあ、1時間後には着きます。よろしく」と、言って、有無を言わさず受話器をおろした。

今ごろはまだ、切れた電話の受話器を持ったまま固まっている新二の姿が想像できた。

『可哀想だったかな』一瞬、思ったけれど、ハイテンション人間に、シラフで付き合っている時間的余裕は、今の翔一にはなかった。

新二からの連絡が入ったこの時点で、これからの予定は翔一次第という状況になった。

香子のいるテーブルまで、少し足早に戻ってきた翔一は、フロアーに立ったまま
「香子ちゃん、今夜は何時まで俺と、一緒にいてくれるの？」

香子は、自分に向けられた質問の答えを探していた。

その仕草を見て彼は、気付く。

そして、ブースにいる及川に視線を向け親指で自分を指差し、人差し指を店の出口のほうへ向けた。

それを見た及川は、OKのサインを右手でつくって敬礼の仕草をした。

翔一は香子に、視線を戻して言った。

「ごめん、今の質問訂正、一緒にいようね、今夜はずっと。時間の許す限り」

そう言うと一瞬、止めてしまった2人の時間に再び、輝きが戻ってきたことをはっきりと認識した。

『勘違いなんかじゃあないな、こんな可愛い人には今まで出逢ったことがない』

知らなければいけなかった大事なことに今夜、ようやくたどりつけた。

そんな思いが押しよせた今、彼の中では、苦しくなる程の充実感と、許容範囲をはるかにオーバーした愛しい、と感じるその思いが、彼からためらう気持ちを、全て取りのぞいていった。

「さぁ、そろそろ行かなくちゃ」翔一は香子の耳もとでささやいた。

スツールをおりた香子はDJブースに立つ及川に、視線を向けた。

そして、翔一の友人に会釈をして、半歩だけ先を歩く翔一の後を彼のペースに合わせてついて行く。

店から出たとき、彼の横には彼女がいた。

そこはいつでもお互いを視界の中に映せる場所。

2人にはもうポジションが存在している。

それが、昔から決まっていたように思えるのは、翔一だけじゃない。

そのことを、彼女も感じているだろう、でも、この人がそうなんだという認識を、先に抱くのは香子のほうが先。

香子は女性で翔一は男。

不安が心に、いつも在るのは男の弱さだから。

こればっかりは、言葉でいくら言い聞かせても意味はない。

信じることには、何一つ難しいことなんかあるはずがない。

9　I Need You - Maurics White

2人は、翔一のお店のMy Pointsに戻ってくるまで、歩き始めたときと、同じポジションで歩き続けた。

彼は、お店の前に止めてあるフィアットX1／9のドアロックをキーオフしてドアを開け、助手席に香子を乗せた。

そして、運転席側のドアから、自分の体をシートに滑らせた。

「狭くないですか?」翔一は彼女を気遣う。

「充分余裕があるわ。でも、この車って日本の車じゃないみたいだけど、すごくスタイルが素敵ね。私、気に入っちゃった」と香子は言った。

「それはすごーく嬉しいね。こいつはフィアットX1／9っってね。イタリアで生まれた車だよ。俺もこの車が大好きなんだ」翔一は、そう言いながらキーをイグニションに差し込み、静かにひねってエンジンをかけた。


My Pointsのお隣さんには、ディメンションという名のバーがある。

そこは日本に長く住んでいる外国人達や、噂を聞きつけた外国人観光客がたまりに来ることで有名なバー。

店は、オープンエントランスだからお店の外にも、けっこう酔っ払い外国人が、コロナビールを胸に抱えながら、あちこちのビルの階段で座り込んでウトウトしていたりする。そんなロケーション。

翔一は、フィアットが通るスペースを少しだけ開けてほしくて。

窓を開け、DJらしくよく通る声で、

「EVERYBODY PLEASE OPEN MY WAY !」と叫んだ。

彼の声に、気づいてくれた愛すべき酔っ払い達は、「OH！ NICE CAR」とか言って、彼のフィアットをついでに褒めながら、路を開けてくれる。

「THANK YOU VERY MUCH！」そう言い残して、六本木通りに車を向けて走りだした。

この道路は、あいかわらず渋滞中。混んでいない時間のほうが珍しい。

この街の主要な交通機関である日比谷線、その最終電車を見送ると道路渋滞のピークタイムが始まる。

電車で帰る。という手段を逃した。ちょびっと鈍くさい奴らが駅の周りで路頭に迷いはじめる。

そんな、おいしいお客をねらって、グリーンキャブ・ドライバー達が、あっちこっちのテリトリーから、この街に集まってくる。

渋滞の原因は、ほとんどがそれ。

それ以外にも、けっこう遠いところから、わざわざこの街までやってくる若い鈍くさい奴ら。

ここらの道をよく知りもしないから当然、いろんなところで行き止まりに阻まれて右往左往。

あげくのはてに、バックポジションランプを、そこここで燈している。

そんなことは日頃からよくある通常のロケーションだし、

『ここは六本木なんだから仕方ないよな。ここでは、これが普通だよ。って割り切れれば、なんの影響もないこと。ストレスを感じたことさえないよ』と思う。

香子を隣に乗せたX1／9は、外苑東通りを左に折れて、六本木通りを渋谷方面に向かう。

500メートルも走ると、立体交差で外苑西通りとクロスする。

そこは、霞町の交差点。

最近では霞町じゃなくて、西麻布と呼ばれるようになった場所。

角にはホプキンズというアイスクリームショップがある。

『この時間のこの場所は、しずかなもんだね。あっち側とはずいぶん違うけど、このへんの雰囲気も、好きだなぁ、なんか落ち着いていてさ。さがしてみれば、あるんだよ愉しめるダンスフロアーがいくつもね』


六本木で一番賑わう地点に、アモンドはあるが、この霞町の交差点にもある。

霞町のアモンド前に、フィアットを止め、車から降りた翔一は、彼女側にまわってドアを開ける。

香子は綺麗な足を、すっとのばしてシートから立ち上がった。

キーロックしながら、

「ちょっと、よりみち」翔一が言った。

香子と手をつないで、横断歩道を渡っていく、車を止めたアモンドから、道路を挟んだ向こう側、そこで左を向くとすこーしだけのぼり坂になっている。

交差点から、30メートルくらい歩いていくと、変わった雰囲気のお店がある。

ここらにある別の風景から、一線を画すイメージを持つ場所。インパクトはかなり強め。

小学生の頃から、この霞町界隈で遊んでいた翔一にとっては、当時の懐かしい雰囲気を感じつつ、このハデなお店にちょくちょく寄っている。

ここ、なんの店？って訊かれたら日本風に言うところの雑貨屋と玩具屋を、たして2で割ったようなっていう感じになるんじゃないの？

実際に行ってみると、意外に楽しかったりするお店。

最近、なじんできたバラエティーショップ。このお店は、その元祖だ。

無造作に打ち付けられた看板に、この店の名前がペイントしてある。

『WHOPY』って文字が、原色で抜かれている。

翔一は今まで、このお店の名前を、店の人に訊いたことはない。たぶん、『フーピー』だろうと理解して、そう呼んでいる。

店の前まで、手をつないで歩いてきた2人は、フーピーの中へ入っていく。

そこら中にある商品の多くがインポート、いわゆる輸入品。

他ではあまり見かけたことがない、というのも当たり前かな。

ここに置いてある品物は、このお店の社長さんが直接、現地へ行って買い付けてくるらしい。

中には、かなりひねりを利かせたジョークな品物が、堂々と存在してたりして『マジかよ』って感じで、笑いが止まらなくなったことも、一度や二度じゃない。

そんな場所だから、普段目にすることのないようなものが、たくさんある。

ヒマなときにでも、ちょこっと寄ってみれば、1時間ぐらいなら余裕で潰せる。

けれど、あまり広いお店じゃないから、それ以上の時間ここにいると飽きるかもね。

今夜の翔一は、香子を連れておもちゃを、見に来たわけじゃあない。

この店には、輸入品のおもちゃにまぎれて喫煙器具も、それとなく置いてある。

パイプや、ローリングペーパー（煙草の葉を、紙で巻いて吸うときに使う巻紙）なんかも置いてある。

パイプ類についていえばオーナー自ら現地に行って、買い付ける重要な品物で、この店に並んでいるそれ以外の商品のほとんどは、ついでに仕入れてくる。というウわさだ。

オーナーさんの、苦労とセンスが指し示すとおり、珍しいスタイルの物から、正統派デザインのパイプまで。

スペースいっぱいに、ディスプレイされている。

マリファナビギナーズは、たいていパイプに凝る（自分で、作っちゃったりもする）。フーピーは、そういう目的で来る連中と、六本木あたりで、GETした女の子のちょっと固めの気分をほぐしがてら、

『ついでに体のほうも、ほぐれやすくなってくんないかなぁ』と、まぁ、そんなことを考えながら、店にあるウィンドウや鏡なんかで常に自分の笑顔チェックをさりげなくやってるような奴らが多い。

この店を訪れる人間は、このどちらかだろうと言ってもいい。

お店のエントランスから、奥に向かって歩いてるときに、いつも思うことがある。

『ここにある乱雑な印象は、来るたび自分の記憶領域に貼りついてくる。営業を目的とした場所で、強い記憶をゲストに持たせるのは、重要な戦略の一つ。それを狙って、ディスプレイされているのかも……まさかね』

そんなことを考えながら、視線を店内に1周させた。

ここに来る目的は、いつもと同じ。

なぜか、一番深い場所に鎮座しているガラスケース。その中にある。

翔一の後を、ついて歩いていた香子は視線を他の興味に向けていたから、止まった彼の体に、手をぶつけた。

ガラスケースの前で立ち止まった翔一は、香子に振り返り、リラックスした表情で、言った。

「面白い店でしょ」

彼女は、今2人が歩いて来たお店の中を、もう一度体をひねって見返して、再び翔一に視線を戻すと、一呼吸あけて答えた。

「今迄に、一度も入った経験がないタイプのお店ね。何処かで、似た雰囲気のお店を見かけたことはあっ

たけど、中に入ったのは初めて。感想はねぇ、お店に入って、すぐ思った事なんだけど、う〜んすごく強いイメージ。それは一言でいうとサイケ（デリック）・アンド・アシッドっていう感じだったかなぁ？ 細かい品物が多いから、なんか必要なものを探すために、ここに来たとしたら、探し出す迄に目が疲れちゃいそう。そんな感じがしたわ」

今夜、出逢ったときから少しも変わらない口調で、彼女はそう言ったが、翔一は、彼女が使った言葉の中に、アシッド（ＬＳＤという強力な作用を持つドラッグの俗語）という単語が使われていたことにすこしだけ驚いた。

そして、彼女のまとめた感想が、独特な言葉で的確かつ簡潔に形容されていたことと、その作業を、たやすく可能にした彼女の持っている能力にも感心した。

このときに、自分が香子に対して抱き始めていた興味が、どんどんと、膨らんでいくのを感じていた。

「直感的な感想だね。性格が出てるのかもね。しかし、香子ちゃんの感性はいいセンスしてるよね。俺の友達にもさ、全体的な面でとか、ある1点だけっつう特別な奴もいるけど、とにかくハイレベルな感性を持ってる僕の知り合いのなかでも、トップレベルだよ香子ちゃんの感覚はホントに。いままとめた君の感想は、この店に散らばってる色から強く感じ取ったイメージでしょ」

翔一は、香子の感じたイメージが、何から生み出されたのかを、こんどは自分が、簡単にまとめてみた。

香子は、驚いた表情を隠さずその、可愛らしい顔に浮かべて

「当たり、翔ちゃんの言う通り。私がお店に入ったとき1番インパクトを感じたのが色、色の洪水。ちょっと胸がドキドキしてたわよホント、中に入ってすぐ」

彼女の話を聞きながら、翔一は、香子を見つめている自分の表情に、超、嬉しい事に出合った時にしか絶対に出てこない特別な表情が、広がっていくのを感じていた。

楽しい、さらに嬉しい。滅多に経験できない程の興奮を感じていた。

例えば、考古学者が古代の遺跡を探して何年も地面を掘り続けてやっと見つけた宝の山、それを1人でながめているそのときの気持ち、その表情。そんな感じ。

『いるんだなぁ世の中には、こんなに可愛いのに持っている能力も凄いし、その上、魅力的な女性が』そんな女性が今、俺の目の前にいる。

「俺は、初めて逢ったよ香子みたいな素敵な人に」彼は言った。

そのとき、初めて彼女を『香子』と、彼は呼んだ。

香子は、そんな小さな変化でも聞き逃すようなドジじゃなかった。

彼女は、今翔一から与えられた初めての幸福感を、内側で感じていた。

翔一には、彼女がすごく嬉しそうな顔をしているのが、何故なのか解っていない。

ガラスケースに顔を向けて、そこに並べられている商品を、2人は並んで眺め始めた。

ケースの中には、腕時計や装飾品類からなにに使うのか、普通の人じゃ解らないような薬品入りの茶色い小ビンや、ガラス細工のパイプや木を削って作ったパイプ、それから細かい単位まで、測ることが出来る（0・1の単位／グラム）電子量りまで並べてある。

香子も、このガラスケースに並んでるもの達に対して、興味を持ったらしく、楽しそうに1つ1つを眺めている。

そんな香子の、楽しそうな横顔を見ていた彼は、ケースの中にアクセサリーも一緒に、並べてあることに気が付いて、1つ提案した。

「今夜、2人が出逢えた記念に僕から香子ちゃんへ、なにかプレゼントしたいな、一番気に入ったものを選んでみて、もしもチョイスで悩むような時は言ってね、僕が決めてあげるから」翔一が、そう言うと、今までは、興味を映していただけのやわらかい視線に、真剣で力強いものをプラスしたのが見ていてわかった。『今夜の出逢いと過ごした時間の記憶を、形にして残したいなぁ』彼がそう思ったときに、彼女へのプレゼントを思いついた。

この翔一の気持ちは、彼女の心に一語も違わず届いている。

それは、彼女が真剣な眼差しで、ケースに見入るその様子を見てればわかる。

彼は、香子が選んでいる間に、この店に来たついでの買い物をした。

ローリングペーパーを1ケースに、スクリーンを1つ、Mサイズを選び、お金を支払った。

このお店の従業員は、何人いるのかな？　翔一は、度々来てはいるけれど、同じ従業員の顔を、2度見たことがない。

『まぁ、そんなもんかな』なんて思いながら。

ケースの中を、真剣な目をして覗き込んでいる彼女の横顔に、自分の顔を近づけて、やわらかい声でささやくように

「どんな感じ?」と、訊いてからもう少し声のヴォリュームを絞って、「先に訊いとくけれどこの中に、ふさわしい物がありますか?」

よく考えてみれば、全く必要がなくて使い方さえも、よくわからないような物の中から、いきなり選べと言われても『まいっちゃうでしょ』そう思って、訊いてみたんだけれどその心配は、不要だった。

香子は、残る最後の選択を決めるだけだった。

「ねぇ翔ちゃん、最後はやっぱり翔ちゃんに、決めてほしいの」香子はそう言って、ケースの一番下の段に並べられている品物を1つ、それは細かくて、ち密な彫刻が全面に施され、とてもいい具合に杢目の入った品物。それともう1つ、似たような形をしてるけど、最初の物とは対称的なデザイン。表面は、滑らかに

シェイプされている。

単純な曲面を組みあわせて重みのある質感を主張させている。

表面から、銀色に輝く金属的な光を放っている品物。

香子は、その2つに絞った品物を翔一に伝えて、残された最後の選択は、彼に引き継いでもらうことにした。

今は、肩から力を抜いて彼の選択を、リラックスして待っていた。

絞り込まれた2つの対極的な選択肢に対し、選ぶという行為以外には何も考えず、2つの物を同じ時間だけながめた後1つの品物を指差して。

「これにする」と言った。

『どっちを選ぶのかなぁ』そう思いながら、ケースの中の2つを見つめていた香子は、翔一の一言を聞いた時、リラックスしていたはずの体から、緊張感が溶けるように消えていく感覚を感じた。

宙に浮かんでいるような脱力感を全身に残しながら彼女は、翔一を見つめていた。

彼は、迷わずに決めた最後の選択を、店の人に包装してもらっている。

商品の包装に没頭しているスタッフの背中を、2人はじーっと見つめていた。

そして、何の前触れもなく同時に、同じことを訊いた。

「ねぇ、それって何?」

背中を向けて、仕事に集中していたその手からシャープな動きが消え、背中を小刻みに震わせて、「えっ！」と一言だけ。

それを出すのが、やっとだったらしいがしばらく経って、背中の震えがやっとおさまった頃、彼はスマシ

夕表情をとりつくろってから、２人に向き直り
「これは、香台です。火をつけたお香を、置いておく台ですね。ＵＳＡの若手デザイナーの作品で、昨日、お店に入ってきたばかりです」彼はそう言いながら、丁寧に、包装された箱をガラスケースの上に静かに載せた。

「１万円になります」

２人が選んだ香台の包みに両手を添えて、少し前へ押し出しながら、彼はあまり大きくない声で言った。

翔一はポケットから、財布を取り出して支払いを済ます。

スタッフは、受け取った代金をケースのこちらからでは見えないが、たぶん金庫の上に置いて、

「ありがとうございます」その言葉とともに、両手を添えた品物を翔一に手渡した。

彼が、２人の選んだ品物を、最後迄丁寧に扱ってくれたこと、それには感心していたが、差し出された箱を受け取るとき思いっきり無表情な顔をした翔一が、箱を手渡そうとする相手の目に、視線を向けたままこう言った。

「もしかして、さっき笑ってた？」

香子は、翔一の隣からさらに無表情な眼差しを、スタッフに向けている。

スタッフは、目の前にいる２人の顔を、あたふたと落ち着きなく交互に見てから、

「はい、笑ってました。すいませんすごく絶妙なツボに入っちゃって、耐え切れなかったっス」今風の若者が、よく使う言いまわしを使って言った。

２人は、素直に頭を下げている彼が使った言葉の中に、人の良さとユーモアのセンスを感じたから、その表情に微笑を戻して、

「今夜、僕たち２人が初めて出逢ったという思い出の中に、君もスペシャルゲストとして、永遠に、出演

することになったんだけど」翔一が言う、香子もそれに続けて、

「嬉しい？」と、訊く。

すると彼は、人懐っこい笑顔見せて嬉しそうに、

「もちろんです」と、言ってくれた。彼は、その言葉に付け加えて
「じゃあこれを、お2人に僕から、プレゼントさせてもらえませんか？」そう言いながら、小さな箱を1つ、手のひらに乗せ2人の前に差し出した。

翔一は、彼の手の上に乗っている小箱を受け取った。

箱にはアルファベットで、INCENSEその下には、MUSK FLAVOURと、書いてあった。

「ありがとう」2人は、声をそろえて、彼に礼を言った。

「お2人は、とても仲が良いんすねぇ、すごく素敵です。あと、できたら先ほどのプレゼント。お2人が、ここで選んだ香台のファーストインセンスにしていただけたら、僕はとても嬉しいんですが」スタッフの彼はそう言った。

さすが、六本木でも有名なフーピーにいる奴らしく、この街を訪れたゲスト達の思い出を、より印象深いものにする魔法を使えるらしい。

「OK、必ずそうするよ」翔一が、そう言いながら右手の小指を差し出そうとすると、

「翔ちゃんじゃだめよ」そう言って、香子は翔一の腕を引っ張った。

そして香子が、小指をのばした手をガラスケースの上に乗せて言った。

「男同士で、約束の指切りなんて色気がなくて、いやっ。私が、お兄さんと約束をするわ。プレゼントありがとう、あなたの希望を必ずかなえます」

香子に、無理やり引っ込められた小指で、頭を掻きながら

「そりゃそうだ、確かに色気がありませんね。かわりに香子が指切りさせてもらっといて」翔一は、そう言って両方の肩を持ち上げた。

10 Forget Me Nots - Patrice Rushen

香子を乗せた翔一のフィアットは、外苑西通りを天現寺に向かって加速する。

やがて交差する明治通りを左折すると、ほかに車の姿はほとんど見えない。

少し強めにアクセルを踏み込むと、フィアットはフロントを持ち上げようとするかのように鋭く反応した。

芝公園前で、5差路の交差点を右折すると道路の左側に、周りの建物と比べると、確実に1ランク以上ハイグレードな外観を備えた15階建てのレジデンスが視界に入る。

そのビルのフモトには、地下に向かう駐車場の入り口が、四角いブラックホールのように見えている。

翔一はフィアットのノーズを、抉り取られたような黒く、四角いその空間に向けた。

コンクリートを貼りつけたような、スロープを駆け下り、来客用と、白色にペイントされたフリーパーキングスペースに、フィアットを入れて、エンジンを止めた。

彼はシートを降り、香子側のドアを開けた。

メインエントランスは、ガードマンチェック付きだが、翔一はフリーパスゲストに登録されている。なにしろ最上階には、幼なじみが住んでいる場所だから。


ガードシステムが、ゲストをチェックするエントランス付近を抜けると、ホテルのロビーかな?と思うほどの共用スペースに、2基のエレベーターが備えられている。

ロビーには、24時間を3交代で勤務にあたるガードマン達が常に警備室に控えている。

彼らが怪しいと思えば、ただちにこの建物の関係者であるかが質問される。最近はやりのオートロックなんか、ここととは比べ物にはならない。

「すぐに戻るから、ここで待っていてね」今夜の段階では、こう言うしかない。

彼は、胸に苦しさをおぼえ手の平を胸にあててエレベーターに向かった。

彼女は、なんにも気にしている様子を見せはしなかったけれど。


エレベーターに乗りこんだとき、腕に巻きついてる時計を見るとNULLSで新二からの連絡をうけてから1時間とすこしを越えたぐらいの時刻になっていた。

『まぁ、だいたい時間通りだな』と、思いながら彼は、エレベーターの中で、二人のＤＪから集金した現金を確認した。

新二に渡す分を、封筒の中に入れて残った分を、たたんでポケットに収めた。

「ふぅー」と、1息つく頃にエレベーターのドアが、静かに開く。

ここは、このビルの最上階フロアー。３世帯分のドアが、並んでいる。

目指すドアは、エレベーターの正面にある1枚。

ドア横に、備え付けてあるインターフォンのボタンを押すと、すぐに内側からロックの外される音が、タンッと、人気の全くないフロアーに響いた。

翔一は、ロックの解かれたドアを、自分の体が通りぬけられるだけ開いて、体を中にすべり込ませ、後ろ手にわずかな音をもさせずドアを閉める。

新二は玄関で、翔一のためにスリッパを置こうとしているところだった。

それを見た翔一は、普段より少し声のトーンを下げて

「新二、悪いっ。今日は、急ぎなんだ。ゆっくりしてる時間がないんだよ。また今度、ゆっくり来るからさ」

そう言いながら、キャッシュ入りの封筒を新二の前に差し出すと新二は、

「えーそうなのー、最近、翔ちゃんあんまりうちに来てくんないから、今日は、ゆっくりしてって欲しかったのになぁ」新二はすごく、残念そうに言った。

ガキの頃からの、ながーい付き合いの新二とでさえ、それぞれの生活する環境が、たがいに変化してしまったことで、あまり会う時間が作れなくなってきた。

『大人になるということは、こういうことなのかなぁ』

「今度、近いうちに必ず時間とって遊びに来るからさ」翔一は本当に、そうするつもりで約束をした。

「まぁ、しょうがないか。これを待ってる人が、六本木にたくさん居るみたいだし……でもホントに、今度ゆっくり来てよ。ちょっと相談したいこともあるからさ」新二は、そう言いながら、NULLSで連絡がついたときに翔一から頼まれたモノを、手渡した。

新二が、あんまり寂しそうな顔をして言うから、言い訳じみた言い方になってしまったが

「いや、今、六本木から一緒に来た女の子で、香子っていう名前の素敵な子をロビーに待たせているんだよ、それがなけりゃ良かったんだけど」翔一は、『こんなことを話して、喜んでくれるのも確かに、新二だけだしな』そう思い、取り敢えず言ってみた。

「ホントにー？　そうなんだー。それでどうなの？」新二は、そのくらいの言葉でしか訊かない。

2人が、お互いを知ってから、20年近い時間が経っている。

そしてお互いのことを、本人よりもよく知っているくらいの付き合いをしてきた。

だから、だらだらと言葉を並べて尋ねるようなことは、滅多にない。

女性に対しての好みや、好きな食べ物も、だいたい知っている。

二人の付き合いは、こんな感じのものだ。

「うん、この出逢いは真剣にキープしていきたいかなって、思ってるんだけどね」翔一は、本心を何一つ隠すことなく新二に話した。

今までもずっと、そうしてきたように。

翔一の言葉を聞くと、新二は
「じゃあ、早く行ったげな。下のロビーで危険なことは、まずあり得ないから心配ないけど、肝心なことはさぁ、二人が出逢った瞬間から、またねって言うときがやってくるまで、気を緩めないことだからね。まっ、頑張ってよ。じゃぁ、おつかれ」そう言って新二は、手を上げた。

「センキュー」翔一は、一言感謝の言葉を残し入ってきたときと同じく、音もたてずドアを開き、滑るように体を玄関からエレベーターフロアーに移動させた。

エレベーターは、来たときのまま15階フロアーにあった。

タッチの差で移動されて、悔やむことのないように、すばやい動きでボタンを押す。

ドアが、開ききらないうちに体を入れ、自動を待たずに閉じる。

今夜出逢った香子のことを、新二に話したということが、決意を固めたことのように感じられた。

何度も乗っているエレベーターだけど今夜の彼は、こいつのスピードにさえストレスを感じていた。

『早く、1階に着かないかなぁ』無意識のうちに、そう心の中で呟いている事に気付く。

彼の視線は、通過するフロアーを表示する『デジタル数字』の赤い光を、瞬きもせずに見つめている。

やがて、いつものようにエレベーターは1階までたどり着く。

こいつは、乗せている人間の気持ちなんか『全く関知してないよ』と言ってるように、ノロいアクションでドアを、開き自分の仕事を、サッサと片付けようとする。

「早く、外に出ろよ」そう言ってるかのような態度で、照明をおとす。

『失礼なエレベーターだ』いつもの翔一なら、こんなことを意識したことなんか、絶対にありえないはず。


たとえわずかな時間だったとはいえ、1人ぼっちで待たせることになったやむを得ない事情を思い、軽い自己嫌悪を覚えながら、香子の姿をさがした。

このロビーは、ただでさえ充分な華やかさに満ちている。

しかしこの場所には、たった1枚あるだけでこの空間にさらなるトータルバランスを演出し、なお余りある。

彼が、そう感じている絵画が存在している。

香子は、その絵の前に立っていた。

どうやらその絵に、はまっていたらしい。

エレベーターのドアが開いたとき、重そうなモーターが唸るその音に気付き、顔をこっちへ向けているが、彼女はその絵の前を動かない。

翔一は、そこにどんな絵が掛けてあるのか知っている。

そこにある絵は、彼がここへ来るときに時間があれば、必ず。いや、たとえなくても、今の彼女のように、あの絵の前に立ってしばらく眺めていく。

あれを観ることも、ここへ来る目的の1つとしている絵。

エレベーターの中で、あんなにストレスを感じていた自分の気持ち。それが、同じ空間内で彼女の姿を確認した今は全然落ち着いてる。

自分の視界の中に、香子がいる。

独りのとき、根拠のない不安を感じていた自分。

そのときに無くて、今あるもの。

香子の姿と、そして彼女の存在を認識している自分の心。


翔一が隣に立つと彼女は、少し横にずれて絵を観るためのポジションを分け合ってくれる。

彼女がする一つひとつのこと。その意味を理解していくとエレベーターの中、独りで不安を感じていたこと。それが、滑稽に思えて恥ずかしさがこみ上げてくる。

香子は、翔一が隣に並んで立つと絵に視線を置いたまま言った。

「この絵自体は、見たことがないんだけどね。この絵と、良く似た画風の画家を私、知ってるはずなんだけど確かめようかなって思ったら、額にネームが隠れてて見えないの。ねぇ、翔ちゃん知ってる？」

「これは、シンディー・ウォーホルだよ。僕はこの画家の作品が、最近では一番、好きなんだ。このマンションには、子供の頃から付き合っている友達が住んでるから、よく来るんだけどいつでも、ここに寄ってから帰ることにしてるんだよ」彼も、絵から視線を外さずに言った。

「あぁやっぱり、この絵はウォーホルなのね。彼の作品にしてはインパクトが軽めだなぁと、思ってたけれどこの絵、とてもいいわ」彼女もこの絵を、とても気に入ったみたい。

彼らの目の前に、掛けられているその絵は。

白いキャンバスの上を、たくさんの細い線がしなりながら、重なり合い。

一見、無秩序に散らばっっているイメージを与えるが、視点を少し後ろへ引いて、全体に焦点を分散させてみるとそこには、つばが広めで、うすいベージュ色をした帽子に色鮮やかなリボンが巻かれ、軽く吹く風に踊っている。そんな帽子を頭にのせた少女が、浮かび上がってくる。

その横顔の美しさに、形容詞は存在しない。そんな感想を持たせる作品。

普段どおりの、絵を観る。では、この絵に隠れている大事な部分は、ほとんど観ることが出来ない。

この作品は、対面する側にも高度なテクニックを要求してくる。

「原版のほうは、まだ見たことないけどさ、きっと、そっちも素晴らしいだろうな。と思うけど、いつでもここでこの絵が観れるから、今は充分足りてるよ」翔一が、言うと
「そうねウォーホル作の本物なんか、買いたいと思っても、いくらするのか想像もつかないしね」香子が言った。

翔一は、香子がシンディー・ウォーホルについての知識、それもかなり正確なものを持っている。ということに少し、意外さを感じていた。


『香子ちゃんて、何者なんだろう』

「そろそろ行くよ」完全に落ち着いて絵に観とれている香子に、翔一は声を掛けた。
彼女は、名残惜しそうな表情を浮かべて
「またここに私を、連れてきてくれるよね。この絵にはすごーく魅力があるの。この絵をもう一度、じゃなくて何度でも観に来たい」と言った。

彼は、自分の好きだったウォーホルが、香子にも気に入ってもらえたということが嬉しく思えてたまらなかった。

今夜、香子と初めて出逢ってお互いを知り、話して、見つめ合って、考えて、いくつもの新しい発見があったけれど、

『そういえば、彼女のことを、まだ何も知らない』

いつもなら、気に入った女性のことを少しでも早く知りたくなるのが当たり前だった。

今夜は、そんなことが全然気にならない。

住所や連絡先、仕事や友達。中でも特に気になるのはいつだって、その女性のボーイフレンド達、のはずだった。

気に入れば気に入るほど、強く確かめたいと思う。それを口に出せずモヤモヤとした気分に自分を支配されるのはストレスになる。

だから、いつもの彼なら躊躇することは絶対に、ない。

相手に、訊かなければ解らないことはカンパツいれず、言葉にする。

今までは、そうだった。

『不思議だ。なにも不安に思うことがなくて、すごくリラックスしているのは、いったい何故なんだろう?』

11　Be Happy - Mary J Blige

六本木に、戻るまでの何分かのあいだ、行きとは違って、たくさんの話をしながら2人は、及川の待つ

NULLSへ向かった。

店の前にある道路は、あまり広くはないけど一瞬で済む用事だから、路上駐車。

「すぐに戻るから、ここにいてね」翔一は、新二から受け取った紙袋を持って、ダッシュで階段を降りていった。

香子が、返事をするタイミングを完全に逃すほど、彼の動きは素速かった。


この空間で動く人間達とは明らかに違うスピードで、フロアーに飛び込んできた翔一を即座に見つけ、及川は歩み寄ってくる。

ここでは、どんなに大声を出して人を呼んでも無駄。

それは、1つの例外もなく徒労に終わる。

だから、探される側はその場を動かずに目標を探す。

探す側は、常にエントランスに注意を向けておく、これはここらでの常識。

ポケットの中から「KOOL」を、1本だけ取り出して火をつけると、肩をコンッと1度、ノックされた。

及川は、ノックした手を、そのまま翔一の肩にのせて
「早かったね、ごくろーさんです」翔一の耳のすぐ近くで、言った。

今、NULLSのダンスフロアーには、気を失った人間に、見えない糸をくくりつけて誰かが上から操っている。

そんなイメージを連想させる完璧に振り付けられたパフォーマンス。

そのパフォーマーからは、全く意識が感じられないくらいの、すごく、ウマイ奴ら5人ぐらいがチームダンスをしていた。

今夜のダンスフロアーはいつもより、ずっと輝いている気がした。

持ってきた紙袋の中から、新二が分けた100グラムのブロックを、及川に渡しながら

「あいつらうまいね、よく来るの？」翔一は、うまいダンスをみると、自分も、踊りたくなる癖がある。

DJを始めたとき、それよりももっと前から踊ることが好きだったから。

「あー、あいつら『ZEE』だよ。俺もよくは知らないけど、最近は、けっこうテレビに出ててさぁ、曲もシングルで2、3枚出してるらしいけど」及川は、あまり、興味なさそうに答えた。

「ZEE？　ふーん……」翔一は、踊りたくてムズムズしていた。

この国のショービジネス界には、魅力がない、期待も持てない。

友達のDJたちと話していても、皆こんな認識を持つ奴ばかり。

実力よりもルックス、アーティストよりもプロダクション。

『おいおい、ちょっと違うんじゃないの？』それが、日本の芸能界。

自由な環境も、満足に与えてはもらえない。お金が全て。

どこの国のショービジネスでも、基本的には「お金」なんだろうけど、ウェイトを置くバランスが、かなり違っている。それが現実。

翔一も、確かにそう思ってはいるけれど。

そのうち、あのUSAグラミーアワードで、賞を取る日本人がでてきてくれないかなぁと、密かに期待している。

NULLSの階段を2段飛ばしで、駆け上がり路上駐車してあるフィアットまでダッシュで戻ると、そこに

は香子が居る。そして、

「お帰りなさい」そう言った。

そんな、小さなシチュエーションからでも、彼の体中に充実感があふれる。

フィアットをスタートさせて、自分のお店My Pointsへ向かう。

相変わらず深夜を過ぎてもこの道の渋滞は、収まる気配がない。

しかし、ここからお店へ戻るとき、六本木本通りを通らずに行くことなんか考えられない。

だって足で歩いても、車で走っても、この道は日本で一番楽しく通れる道だから。

ディメンションの前には、さっきと変わらず、コロナビールを握りしめながら、頭を前後に、揺らして赤い顔した白人が、階段に座ってたり、おもいおもいの場所で、くつろいでたりしている。

二人は並んでMy Pointsの、重い光の下をくぐった。

彼は香子をＤＪブースから近い、カクテルカウンターに案内してからＤＪブースの階段を上る。

ドアを開け山崎に、アルミホイルでまいた20グラム入りの包みを渡すと、

「すぐに半分こにしてきて、少し俺がやっとくから」山崎はヘッドホンを、翔一に手渡して、即座に控え室へ消えた。

彼は、受話器を持ち上げると「ラズィール」をコールする。

片山は、５分と経たないうちにやってきた。

「どうも、有り難うございます。水嶋君に頼むと約束通りで、助かるよ。時間にしても、品物にしても」

片山は、渡された紙袋を覗き込みながら言った。

『半分以上はお世辞だろうけど言わないよりは、まぁ、ましだな』翔一は、そう思いながら、レコードを１枚ずつラックから、引き出す作業を続けていた。

『仕事中なんだな』と、勘違いした片山は、ブースに3分と居なかった。

「それじゃあ、帰ります」そう言って、ヤツはラズィールへ戻っていった。

それを見送ると、控え室のドアをノックしてからドアを開けた。

そこにはすでに、イップク（マリファナを吸う行為のことをさす）入れて。かなり、いい調子になった状態の山崎が超リラックスして、ソファに座っている。

その姿を見た翔一は、なんか面白いことでも言ってやろうかなと、思ったけれど、奴と同じテンションまでいけない理由がブースの外にある。だから、やめとくことにした。

「半分にした？」と訊くと、
彼は、翔一が渡した包みの半分を差し出した。

「いやぁ半分にするってことは、とっても難しいことなんですよねェーいやぁー、なんか、この作業しただけですんごく疲れちゃいましたぁー、ふうぅー」なーんて言ってる。

『あまり長く付き合ってられないよこっちは、シラフなんだし』

とりあえず包みを受け取って、ポケットの中に押し込んでから
「疲れちゃったのはいいけど、俺はアガルから後は頼むよ。それで明日は、俺のオフ日だから、明日もがんばってな、じゃーおつかれッ」山崎に有無を言わせず、控え室のドアを閉める。5秒数え、またドアを開けて
「曲、もう終わるぞ」翔一が、そう言うと
彼は、慌ててソファから立ち上がったが、自分が足を組んでいたことをすっかり忘れていた。

あとは、踏み出してつまずき、開いてるドアに肩をぶつけ跳ね返ってブースに出てきた。

「ケガすんなよ」一言、言い残してDJブースを出た翔一は、今の山崎の様子を見て

『今回のクサもトップ・レベルみたいだな。クレームが、くるようなこともまずないな』そう思った。

翔一がこの街でクサの商売をするようになってから、かなりの時間が経過している。

取引した回数と、流した量はもう想像すらできない。

彼がＤＪになる前からマリファナの売買をすることはあった。

当時の彼は、まだ若かった。経験も足りなかった。

そのおかげで、取引相手にナメられて粗悪なマリファナを掴まされたこともある。

ブースのステップをおりて真っ直ぐ、彼女を待たせているカクテルカウンターへ歩いていく。

「おまたせ」そう言いながら、彼はとなりの椅子に腰を下ろした。

香子の前には１つ、グラスが置かれているが、グラスの形からしてそれが、アルコールじゃないことが解る。

「香子ちゃんはアルコール、あまり飲まないの？」翔一が訊くと
「うん、あまり飲まないの。だって、お酒って飲みすぎると、本人の意思に反して１日が早く終わってしまうことがあるでしょう？　だから、あとはもう寝るだけっていう状態のときだけね。私が、お酒を飲むのは」香子は言った。

香子の言葉を聞いて、翔一は、明日がＯＦＦだったということは『超ラッキーなタイミングだったね』と思った。

なぜなら、彼女は今夜まだまだ眠るつもりはないみたいだし、帰るつもりもないみたいだから。

「じゃあ、これから２人で踊りに行こうよ、俺の好きなお店に案内してあげるよ」

セットリスト No. 2（第二章）

12　Freakshow On The Dance Floor - Bar-Kays

ボディにパステルグリーンが、吹きつけられてるフィアットX1／9は、深夜の第2京浜を南へ。目指すのは、横浜。

『六本木の次に好きなのは、この街だな』

プライベートで、『踊りに、行こうかなぁ』と思ったら、彼は、必ず横浜を選択する。

横浜は港がある街、他では感じることの出来ない、特別な雰囲気を持っている場所。

またこの街は、六本木のようにポイントが一つの場所に集中していないから、どこのお店も、そのスペースに余裕がある。

２００人は楽勝で入れるクラブディスコも、いくつかある。

東京ではちょっと考えられないキャパを備えている。

その部分では、六本木が逆立ちしても太刀打ちすることは出来ない。

香子を連れての、ファースト・イベント。だいじな時間を共有したい。

その思いを強く望んだ彼が、横浜で選んだダンスフロアーは、

Ys BAY SIDE CLUB

横浜でこれくらい有名な公園は他に、ないだろうというくらいのイメージがある山下公園を目指す。

山下公園に沿う道路を、本牧方面に向かう。左側に、長く横たわる公園を抜けたら、すぐに左折して道なりに100メートル進むと、首都高速横羽線新山下ランプが右側にある。

その場所で、左に視線を向けてみれば、Ys BAY SIDE CLUBは見えるはず。

そこは、古い倉庫をベースにして作られたダンスフロアー。

例えば六本木あたりのお店なら、専用のパーキングなんか絶対に存在しないけれど
この、Ys BAY SIDE CLUBは、車以外の交通手段を使って来場するゲスト達を拒んでいる。

そんなふうに思えるようなロケーションに、位置している。

だから、お店のエントランス周りには、信じ難いほど広いパーキング・スペースが用意されている。

考えてみれば、このお店はおそらく日本最大のダンスフロアー。交通の便が良い街中に、同じものを作ることは絶対に不可能。

Ys BAY SIDE CLUBの駐車場からは、出来たばかりの横浜ベイ・ブリッジが視界いっぱいに映る。

キラキラと、眩く揺れる横浜港のイルミネーションは、ダンスフロアーで輝く躍動感のある光線とは全く別のもの。

音のない場所で、ゆっくり観るにはこの場所にあるイルミネーションは最高だ。

よーく耳を澄ませば目の前にある海から、堤防に打ちつける波の音。

心地よいリズムを伴ったそれが、聞こえる。

2人は、しばらく駐車場から真夜中の海のロケーションに、ドップリとハマッテいた。

「お客様、Ys BAY SIDE CLUBへようこそ」

2人が、深夜の海にハマリすぎていたのか、ここへ来てからどのくらいの時間が経ったのか、解らなくなりかけていた頃。

背後から、そう声をかけられ2人は、ゆっくりと振り返った。

声をかけたのはベイサイドクラブのエントランスポジションスタッフ。彼は、翔一の顔を見て、「水嶋さん！ですよね。お久しぶりです。お元気でしたか？　いらっしゃいませ」彼は、翔一のことを知っていた。

半年ほど前、ダンスイベントのベイサイドクラブナイトに、DJとして呼ばれ、1週間この場所へ仕事に来たことがあった。その当時からのスタッフが、まだ何人か残っている。

彼は、その一人。

ゲストDJとして来ていた1週間、勝手のわからない翔一の世話を、こまごまとサポートしてくれたのは彼だ。

このお店は、あまりにも広いハコで、一部吹き抜けの2階構造にもなっていて、イベントプロデュース兼DJとして招かれた翔一は、多忙だった。

2階からさらに垂直ハシゴをよじ上ると、そこには、ステージをピンでぬくスポットライトが備え付けてある。

ライティング・オペレーターも、彼の仕事の一部になっていたため、それらの場所に案内されたり、休憩や食事をとる場所を教えてくれたりした。

翔一にすれば、結構お世話になったという思いのあるスタッフだった。

「本当に、お久しぶりですねどうですか？　六本木のほうは」彼は、翔一が今どこでDJをやっているか知っているが、六本木の店に、顔を出したことはまだない。

「相変わらず、六本木はゴチャゴチャしてるよ、たまに横浜の環境が恋しいってなって思うよ。六本木も好きだけど横浜も、いいよね」

ＤＪブースのすぐそばに２人の席がセットされ、スタッフが先に立ち案内する。

そこは、普段ならゲストを座らせることのない席。

どうやらベイサイドクラブのスタッフたちが、珍しくパートナーを連れている翔一に、気を使って用意したらしい。

『今夜なら、きっと座ってくれるだろうなぁ？　わかんないけど……』そう思いながらスタッフは、２人の席をセットしていた。

ひと月に一度くらい、ベイサイドクラブにやってくる彼を知っているスタッフ達なら、

「あの人に、席を作ったげても、あんまり意味ないよ。座っているところなんか見たことないもん。だって、お店に入ったら帰るまで、ずっとダンスフロアーで踊ってるんだから」たぶん、皆がそう言う。

このお店に来るゲストは、日本人と外国人半々、よりもちょっと外国人のほうが多いかなって感じ。

でもダンスフロアーには圧倒的に、外国人のほうが多い。

そんな外国人だらけのダンスフロアーから１人、そこから抜け出してきても違和感が、ぜんぜん感じられない雰囲気を持った男。

身長は１９０センチを超えているだろう、針金のような体つきで、長い髪の毛は、火炎放射器をくらったようにチリッチリ。

エキゾチックなその顔立ちは、目一杯、日本人離れしている。

彼は、クォーター。細胞の４分の１が、日本人。

そんなスタイルの奴が、翔一達の座る席に向かって歩いてくる。

「よう、久しぶりだね。元気?」このお店の中にいても、充分に目立つ容姿を持つその男は、翔一に声をかけた。

「ミックさんこそ、元気ですか?最近、持病の調子はどうなんですか?」翔一は、からかうように言った。

このミックはベイサイドクラブのハウスＤＪのチーフ。

彼は、自分の都合が悪くなると、持病の喘息が発作を起こしてしまうという特異?な体質?を、持っている。

「そんなこと言ってまた、イジメるの? これから、最後のパート俺がやるから勘弁してよー。ラストまで、踊ってってよね。素敵なパートナーとご一緒に」そう言ってミックは、香子に微笑んだ。

「ありがとうございます」香子が、答えると、ミックはＤＪブースに戻っていった。

「あんなスタイルで、見た目はすごくよさそうだけどいろんなことを含めて言えば、彼はチャランポランな人間。なんだけど選曲のノリは、ピカイチだよ。きっと満足させてくれるから、そろそろ行こうかダンスフロアーへ」

「翔ちゃん、私、もうギブアップ」香子は、動きつづける翔一の肩に、両手を広げてぶら下がり、動きを止めた翔一の耳もとで言った。

今夜２人が出逢ってから、ここまで接近したのは初めて。

翔一は、自然に香子のしぐさを受け入れ。

自分の両手で、彼女の体を力一杯優しくありったけの愛おしさを込めて、抱きしめた。

みだれる呼吸と、心臓の鼓動をお互いが、お互いのものをカウントしていた。

２人は似ている。

やがて、翔一の首にまかれている香子の腕から、ゆっくりと力が抜けていくのを感じ取ったとき、彼女の体に回した腕に、もっともっと愛おしさと力をこめた。

香子は、強く抱きしめる翔一の腕のなかで、全身から力を抜き、体を預ける。

少し顔を横に向けて、香子の頰に唇をあてた。

彼女は、翔一の唇が自分の頰から離れると、名残惜しそうにダンスフロアーからフェードアウトしていった。

フロアーに残った翔一の足もとには再びステップが、戻る。


先にギブアップして休んでいた香子の元へ、彼が戻ってきたのは、ダンスフロアーに、スローテンポのラヴバラードが、流れたときだった。

「すごい汗」香子は、自分のポケットからハンカチを取りだして、翔一の顔に、流れる無数の、玉汗を拭き払っている。

あれほどいたゲスト達も、ほとんどがダンスフロアーから去り、お店の中にはクリアー（掃除）用のライトが、つきはじめている。

「ねーねー、まだ帰んないでしょう、久しぶりに来たんだからアッチで少し遊んでかない？」ミックが、2人のテーブルに近づきながら言った。

「俺も、後からいくからさぁ、待っててよ」今、ミックがアッチと言ったその場所。

このベイサイドクラブは、とても大きな倉庫を改造して造られた。

マジで、ホントでっかいスペースを持っている場所。

ダンスフロアーは、その半分を使っている。

そして、もう半分のスペースには、ポケットビリヤードの台が20以上配置されたいわゆるプール・バーになっている。

ミックの言った『アッチで、あそぼう』ということは、ビリヤードをしようよ。そう言っていることになる。

「となりに移って何か飲もうよ。喉がカラカラ」次から次へと噴き出す汗を袖で払いながら翔一は言った。

プール・バーに行くためには、1度ダンスフロアーから外へ出なければならない。

外は、うっすらと白み始め、パーキングにあれだけあったゲストの車もだいぶ少なくなっていた。

『なんか、ほかにフクミがありそうだったなぁ』そんな気がした。

13 Snake In The Glass - Midnight Star

プール・バーのカウンターで、2人並んでコーラを飲んでいると、仕事を終えたミックがやって来て「ビリヤードしよっか」2人に声をかけたけれど、香子は「ちょっと疲れたから、ここで観てる。いい？」さすがに、疲れている様子をみせた。

「じゃあ、彼女からも見えるように、なるべく近くでやろう」と、ミックは香子からもよく見える位置に、ナインボールゲームのセットをした。

キューを握るのは、しばらく振りだったし疲れているせいもあって、イメージ通りにポケット・インするのは、イージーな厚みの的球だけだった。

それでも、何度かのゲームを真剣にプレイした後。

ミックとポケットサイドの椅子に座り、2人は一息ついていた。そのとき、

「あのさぁ先週の末にね、元町にあるクラブ『トゥエンティーフォー』に、ガサが入ってさぁ、DJが2

人と、お客が3人もってかれたの知ってる?」ミックは、こんな話題を振ってきた。翔一は『やっぱりな』と思いながら言った。

「いいや、その事件のことは全く知らないけど、なんか関係してんですか? ミックさんも」

「んーこの件で、俺が引っ張られることはないよ、普段から身の回りにヤバイ物を長く置いとかないようにしてるから心配ないんだけど問題なのは、今回もってかれたDJのうち片方は、横浜でもかなりの量のドラッグを扱ってた奴で、俺も、そいつから引っ張ってたんだけど、奴に近い筋の友達に訊いてみたらさぁ、今回で2回目らしいのよ。翔ちゃんどう思う?」と、ミックが訊いた。

「どう思うって、それは前の事件の執行猶予(速攻で刑務所にぶち込まれる場合と、刑の執行を猶予し、一定の期間を定めて様子を見る場合がある。その場合のことを執行猶予)という。

もちろん、裁判官が宣言した期間再犯せず経過した場合、実刑(刑務所に入ること)は、免除される。しかし、そうでないとき、期間内に再び罪を犯した場合、その罪で確定した実刑に前の刑が、加算されることになる)切れていれば今回、もう1度執行猶予っつう可能性もあるにはあるけどもし、前の件(執行猶予)が切れてなかったら(効力の維持中)、最低でも、2年は戻って(一般社会に、復帰すること)これないね、間違いなく」

翔一は、ほとんど正確な意見を述べてやった。

「やっぱりそう?」ミックは、重そうな頭を頬杖ついて支えるようにしている。そして、

「実はね、俺が今横浜で毎月取り扱うクサの量が、だいたい500グラムから上で、1キログラいまでなんだけどね、そいつがもってかれ(逮捕)ちゃったから、ちょっと、困ってるのよ、今」ミックは、言った。

『ヤッパリな』翔一の予想は、外れてなかった。

「それで、ミックさんはそのDJから、1グラムいくらでひいてたの?」翔一は、取り敢えず訊いてみた。

「いや、もしね翔ちゃんだったら、いくらぐらいで俺に、出してくれるのかなぁと、思ってさぁ」そうミックが、言ったときに翔一は、すこしキレた。

「ミックさんね、これはそっちから言い出したことなんだから、俺の質問に、先に答えるべきじゃないいんですか？　俺は、腹を割れる人間としかコッチ（ドラッグ関係）の付き合いをする気はないし、そっちのプライスを聞いてから値段を決めてやろうなんてちっとも思ってないですよ。俺の引き値も明確にした上であんたと値段を決めようと思って言っただけですよ。欲をだして値段を吊り上げれば、余計な恨みや裏切りが、自分の身に振りかかってくる。それくらいなら今よりも範囲を広げる取引なんかしたくもない。そんな、気分なだけなんですよ。わかってくれます？」

「うん、それはわかるよ。ごめんね、別に駆け引きをしようとしたわけじゃないんだ。奴との約束だったんだよ。引き値を他人に洩らさないってことは」

ミックは、自分の言葉の言いまわしが、翔一に不快感を与えていたことを悟り、速攻で訂正した。

「そうスか、それならしょうがないよね。彼との約束だったんなら仕方がないね。じゃそれは訊かないことにして俺のほうでは、今夜も六本木で動いてきたんですけど、だいたい100グラムで、2500円ぐらい。500グラム以上で右から左に動かすだけ、だったら2000円以下になるでしょうね。まぁ、いまのところ確実に言えるのは、そのくらいですかね」翔一は、そう言いながら、1人ぼっちにしている香子に、視線を向けてみる。

なんとなく寂しさをまとった彼女の姿が、視線の真ん中にとまった。

「今夜の俺は、結構忙しかったんで疲れちゃいましたよ。集中力も切れてきたし、もう今夜はやめときませんか？」そう言って、使っていたキューをホルダーに差して、ミックに振りかえることもなく、その歩みはすぐさま香子のほうに向かっていた。

「さあ、もう帰ろう。途中、どこかでご飯を食べよう」

「もういいの？」香子はそう言った。

『彼女も今夜は、かなり疲れているはずなのに……』

振りかえると後ろに立っているミックに、翔一は、

「さっきの件はまた、連絡してください」それだけ言った。

駐車場に置いてある翔一のフィアットまで、2人を見送ってきたミックに、

「お世話になりました。ごちそうさまでした」香子は、お礼を言った。

「どう致しまして」ミックが答え、ベイサイドクラブで過ごした2人の夜は終わる。

外はもう、すでに朝をむかえていた。

横浜からの帰り道、フィアットのハンドルを握る翔一の表情に複雑さが、浮かんでいるのを香子は、心配そうに見つめていた。

14 White Line – Melle Mel

香子と出逢ったあの夜から数日経ったある日、麻布十番にある貝料理専門のレストラン、シェル・ガーデンズに、翔一と新二の姿があった。

食事が終わった彼らの座るテーブルには、2つのコーヒーカップが置かれた。

「このあいだ、翔ちゃんが俺んちに来たときに言った相談のことなんだけど……」新二は、メンソールのマルボロに火を点けながら話をきり出した。

「俺が今、取引している親・ディーラーから振られた話なんだけどね。今後は、クサだけじゃなくてアップ系も扱ってみないか？って言われてるんだけどさ、返事は翔ちゃんの意見を聞いてからじゃないと出来な

いことだから、待ってもらってるんだ。もちろんプライスも、他のどこで引くより安く抑えて出してやるって言ってるんだよ、どうする？」

ここまで言って新二は、メンソールの煙を大きく吸い込み、コーヒーの入ったカップを口もとへ運んだ。

「扱うものは？」翔一は、短く訊いた。

「Sとコカ」新二は、最短文字で答える。

Sと呼ばれたものは、スピードの頭文字を取ったもので、いわゆるシャブ（覚せい剤）のこと。

コカとは、コカインのことだ。

翔一は考えていた。

Sやコカインを扱った経験が、ない訳じゃぁない。

自分で使ったことも、もちろんある。が、ある日を境にしてそれ系の薬物から一切の手を引いた。

3年以上も前のことだ。

彼がその頃に経験したことを思い出してみてもいいことがあったとは、間違っても言えない。

現在、翔一の持つ感想として言うなら、Sもコカも好きなドラッグとは言えない。

「それで、新二のほうには需要があるの？　お客は、居るの？」翔一は訊いた。

「それがさぁ、結構みんなにアッチのほうはないの？って訊かれるんだよ。俺としてはこの話、やってみてもいいと思うんだけど」

「じゃぁ、俺に訊くまでもないことじゃん」はっきり言って、この話にあまり乗り気じゃない翔一は、つい冷たい言葉を、口にしてしまった。

「そんなに、怒んないでよ。あまり、派手にならないようにするし、なるべく俺が動くようにするからさ。翔ちゃんは声だけかけといてよ、お願い」と新二が言った。

「わかったよ」自分との付き合いが、とてつもなく長い新二には、翔一にとって、どのドラッグが嫌いな（できれば、そばに置いときたくない）ものなのか。

その答えも当然、知っているはず。知らない訳がない。

それでも頼むからには、『金以外のなにか』があるんだな。

確信はないけれど翔一には、それが感じられた。

だから、了解した。

その話のあと、ワイズベイサイドクラブで聞いたチーフDJ・ミックからの話を、新二に説明した。

取り扱う量と品物の種類が増えれば間違いなく、この身の危険も増大する。限りなく。

そのことを強く認識していても、今すぐそれら危険性の全てをキャンセルすることのほうが困難なことだろう、たぶん。それも、解っていた。


翔一はMy Pointsに戻り、DJをしながら新二の話を思い出していた。

『俺としては、新二の頼みなら、きかない訳にはいかない、それは第一。でも、俺が今持ってるルートに流すなら安全を再優先に考えて、事を運ばなきゃ』

そんなことを考えながら、ターンテーブルに向かっている翔一に
「どうしたんすか？　今夜はノリが、悪いみたいですよ」サブDJの山崎が心配そうに、声をかけた。

翔一が顔を上げて、ダンスフロアーに視線を向けると、お店の中に居るゲストのうちの半分は座っていた。

「ふぅー」と、1つため息をついてヘッドホンを、山崎に渡しながら、「少し、休むよ」彼は、控え室に入っていった。

ソファに、体をあずけてあれこれと、考えていた翔一は、

『まずは状況を、把握しとこっかな』そう思って、彼は店を出た。

いま、自分と付き合いのある仲間のなかで、そのへんの事情に一番精通しているのは、おそらく片山だろう。

奴の顔は意外に広い。

今夜、片山に会うなら原宿にあるCLUB-Hに行けば、いるはずだ。

彼なら、知ってることを全部しゃべってくれるだろう。それを期待して、速攻、フィアットで原宿に向かった。

「どうしたの？ 翔一君がこっちまで来るなんて、珍しいじゃん」片山は機嫌よく翔一を迎えた。

片山が座ったテーブルの向かい側に、翔一は腰をおろした。

「どんなことが、聞きたいの？」

「そう、まずはプライスだね、どのくらいの量で、いくらくらいで？ってこと」翔一は、一番重要になる部分を率直に、質問した。

「うーん、だいたい1パケ（1パックの略語）0・3グラム入りで1万円ぐらいかなー」それを逆算すると
「じゃぁ1グラムだったら、3万円ぐらいなの？ 風袋込みで」翔一が言った。

「でもねぇ、例えば10グラムとか、もうちょっと多くて、100グラムとかの単位で、取り引きできる場合は、もっとプライスダウンすると思うよ」

「片ちゃんが冷たいやつをひくときは、いつもどんなルート（経路）で、手に入れてるの？」

「俺の場合は、DJ関係のブレーンからが、ほとんどだね」

「そっか、他に考えられる入手ルートは？」

「そうだねー多分、横浜あたりの立ちバイか、六本木、渋谷、新宿あたりの不良（ヤクザ）とつながりが

ある奴なら、そっちから。まぁ、こんなところでしょう」おそらく片山は包み隠さずに本当のところを口にしている。

「そうすっと、末端購入者側からみれば、どこで買っても量やプライスは、似たり寄ったりって感じだね」

「そうだねぇ、だいたい同じだね」片山は、視線を右上にもっていきながら答えた。

「最近は、冷たいほうの需要が伸びてきてる感じがするけど、どうなの？」翔一が言った。

「水嶋君は、そっちのほうはやらないみたいだから、解らないと思うけどSだけに限定したとしてもクサの市場よりも、ずっと多いはずだよ」片山は言った。

「やっぱり、そうだろうねぇ」それは、翔一も理解していた。

「そりゃぁそうだよ。クサの場合はさぁ最低の単位が10グラムからで、1グラム3000円なら、現金が3万円必要でしょ、最低でも。それ以下の話は、あまり聞かないしね。で、Sなら1パケ1万円から手に入れられて、その量があれば、1人で充分遊べる。こう考えれば、Sに走る奴がいても全然おかしくないでしょう」こう言う片山の考えはたぶん、当たっている。

「体には、よくないと思うけどね」

「確かに、でも俺にこんなこと訊きに来て、もしかして、そっち方面にも手を広げるの？」片山は何かを期待をした目を向けて言った。

「俺としては、あまり乗り気じゃないんだけど相棒が、そんな話をして来たんでさ」

「Sだけ？」すこし目を輝かせて、片山が聞きなおした。

「クサのほうは、今まで通りやるけど、その他に、Sとコーク（コカインのスラング・隠語）を、やることになるらしい」

「それじゃ、そのうち俺もオーダー入れるかもしれないよ」片山が言った。

「あぁ、うーん、でも俺としては、あまり仲間内に、こっち側のドラッグ流したくないんだけどね」と、言ったときに彼は『はっ』とした。

結局、ドラッグを流すことになるのなら今、自分が言った言葉なんか、ただの詭弁にしかならない。

翔一の脳裏には、その言葉がはりついた。キベン。

15 Emergency – Cool & The Gang

片山の店、原宿CLUB-Hから六本木に戻るとき、少しだけ昔のことを思い出していた。

翔一が『S』から手を引いたのは、約3年前。

定職についていなかったその頃の彼は、毎日の生活で、暇を持て余していた。これといってやることもなかったその日、気分転換に『きつめのロット』でパーマをかけた。

夜になって、問題の先輩が翔一の部屋に遊びにきた。

そのとき、その男が持ってきたのが『S』覚醒剤だった。

当時、それの使い方は、当たり前のようにインジェクション（注射器）で静脈に注射するというやり方が、最も一般的な方法だった。

はじめてのときに全身を襲った感覚は一言では、とても言い表すことの出来ないほどの、『凄まじい』体験だった。

髪の毛が、逆立つ感覚。言葉では確かに存在しているが、体験することは、まず無いことだろう。だが、実際にそれは体現された。

昨日、かけてきたばかりのパーマがのびきってしまっていたのがその証拠。

あくる日、また同じサロンに行き昨日ついてくれた美容師に見せると、彼女は首を何度もかしげながらもう一度、かけ直してくれたほどだった。

これは事実。

もしあのときに、鏡を見ながらやっていたなら、自分の髪の毛が逆立つ瞬間を見ることができたに違いない。


彼は、それからしばらくSにドップリとハマッた。

それを体に入れると、まず眠気が感じられなくなり、食欲は失せ、性欲が信じられないほどに増大する。

特に、女性にもSを使って、SEXなんかにハマッたら、5時間でも、6時間でもやっているだろう。

寝ず、食事もとらず。

体に悪影響があるなどという生やさしい状況じゃあない。

血圧や心拍数は、普段の『倍』の数値をかるく上回る。

例えれば、動いていないのにずっと全力疾走をしているようなもの。

真夜中のテレビCMでやっているように、人間を『すぐにやめなければいけない』ということはないが、いずれ、かなり早めにやめることになる。


翔一の過去にも、いろいろとSに絡んだ事件があった。

その頃彼が、友人の家で3人集まって、Sをやっていたときのこと。

その家には彼らの他に、人が居なかった。

場所は、マンションの3階。

「誰かが、ドアの外に居る」その家の住人が呟いた。

部屋のふすまは、閉まっている。

当然玄関のドアが、見えはしない。

「誰も、居ないって、ちょっと『カングリ』入ってんじゃないの？」翔一と、もう1人の友人は、そう言って笑った。が、しかし。

「いや、絶対に居るよ。多分、警察だよ間違いない。俺を逮捕しに来たんだ」そう言った男の目には、実際に恐怖が浮かんでいた。

「じゃあ俺が、見てきてやるよ」そう言って翔一が、部屋の襖を開けようとしたそのとき
「逃げろー」と、叫びながら窓を開けベランダから逃げようとして、墜落した。地面まで。

幸い、腕を骨折しただけで済んだが、もっと高い場所で、同じ条件でやっていたときに同じ結果にならないとは思えない。

『あのときはさすがにあせったな』今になって思い出してみても、背すじに冷たいものが走る。

別のあるときには、5階に住む友達の部屋でやってるとき、またしても
「窓の外に人が居る」と、言い出す奴が居た。

くもりガラスの向こうに、ベランダはない。人が立っていられる場所はない。

本当に居るのなら、『浮かんでいる』以外には考えられない状況だった。

翔一がそれを説明しても、本人は聞き入れない。

「いや、誰かが居た！　俺にははっきり見えた」と、言い切ってしまう。

傍目に見ても、彼はヤバイ状態に陥っている。

そう認識せざるを得ない、それを判断するポイントは、目を見てみればわかる。

焦点が合っていない。

こうなってしまうと『見間違い』や『思い込み』などという常識的な解釈は全然、当てはまらない。

翔一たちは、そういう状態の奴等をさして『イッチャッタ奴』と呼んでいた。

今になって考えると、『人間やめますか？』というほど大袈裟なものではない、経験のない人たちが、思っているような、S（覚醒剤）が、なくなったらそれを得るために誰もが、他人に危害を加えたりするようになるわけではなく、1度やったらもう止めることはできないというのも、それほど正解とは言えないと彼は思っている。

彼がしてきた今までの経験から言えば、たまに世間をざわつかせる『ドラッグ絡み』の事件を引き起こしてしまう人間は、いわゆる『イッチャッタ奴』なのだ。

翔一は、あまり長く、Sに『ハマッタ』という自覚は持っていないが、それでも『何度か』と言うのは『違うだろう？』というぐらい、使った経験がある。

しかし、それでも彼はそこまで『イッチャッタ状態』を経験したことはない。

思うにこれは、個人の『性質の差』によるものだ。今はそう解釈している。

その『差』とは？

まず、認識能力の違い、自分自身が薬を使っているときに、自分の体には今、薬物が入っている。

そのことをきちんと認識しているか、いないか。または、出来るか、出来ないか。これが、一番重要なポイントだ。

例えば、普通の人間が2、3日睡眠をとらず、食事も満足にとらない。煙草と飲み物だけで過ごしていたら、その人間の肉体的疲労は、必ず限界点を越える。

しかし、本人はSで、感覚と思考能力が麻痺しているため、それには気づかない。

どう考えても、人間が連続で3日も徹夜をすれば『耳鳴り』はするだろうし、目は乾き、疲れ、動体視力の機能も著しく低下する。

実際にはないものが見えたり。静かな部屋で、知らない誰かの声が聞こえたり。

そう感じたとしてもそれは、当たり前と言えば当たり前なことだろう、３日も徹夜すれば。

普通の人間には『不可能』なことかも知れないがSを使えば、それは可能になる。

そんなとき翔一は、いつでも正確な解釈をすることができた。

Sを使いすぎて、疲れきった体に気付くことができる種類の『性質』であり、正確な解釈や分析が出来る『能力』を持っていたんだろう。

まずは、シャワーをあびて全身についた脂汗を洗い流し、とれるだけ食事をとり、体を横にして、なるべくなら眠るようにする。

一通り『ハマッ』たら、自分の体の『ケア』を心がける。

一方『イッチャウ』タイプの人間はとりあえずSが、無くなるか。

限界がきて気絶するか。そのどちらかへ毎回、毎回突き進んでいく。

しまいにはSが、体に入っていないときでも幻聴や、幻覚による精神的な障害に怯えて生活せざるを得なくなる。

そうなりだしてしまったら、時間が、経てば経つほど『こちら側（正常な状態）』に、戻ってくることが難しくなる。

早めに、精神病院のお世話になるか、または死ぬまで治ることがない。という人生を歩んでいくか。自身で選択できる『未来』が極端に減っていく。

それを、跳ね返すことのできる『強い人間』は、あまりにも少ない。

16 Paradise - Change

原宿からなんとなく重たーい気分で、自分のお店に帰ってくると、ＤＪブースのステップに香子が、座っているのを見つけた。

「そっか今日は、土曜日か。今夜は、QUEでゲストＤＪをやる日だから、一緒に行こう」翔一は、香子の肩を抱いてキューへ向かった。

そのお店キューは、数ある六本木のダンスフロアーでは、老舗中のしにせ。かつての『DISCO』という言葉から、最近では『CLUB』というふうに、ダンスフロアーの呼び方が、変化しつつあるこの頃だけどキューは、DISCOの代名詞のようなお店。

近頃出来た新しいお店には、レーザービームなんかを使った『ライティング』が、幅をきかせ始めているが、このお店には『レイン・ライト』と、呼ばれる名物ライトがある。

垂直に、照らし落とされる光の帯が、ダンスフロアー一面に降りそそぐ。フロアーで、ダンスにハマル全てのゲストたちの頭上に、白い霧のような空間を生み出す。そんな、伝説的なライティングが備えらている。

超カッコイイダンスフロアー。

六本木通りに面したビルの階段を香子と2人並んで、かけ上ると
「翔一君、おはようッス。あれっ今夜は、彼女とご同伴?」声をかけてきたのは、このお店のマネージャー。

「どう?　今夜の入りは」翔一が訊く
「もう立すいの余地なし、フルゲストって感じ」ニコッとしてマネージャーは答えた。

「そうかぁ、じゃあこっちだ」翔一は、左側にあるドアを、押し開けて中に入っていく。

香子も、その後について入るとそこは
『DISCO QUE』のダンスフロアーが、最高の位置で見渡せるＤＪブース。

２台並ぶターンテーブルの前にナイキのキャップをかぶったＤＪがレコードに針を落としているところ。

２人が、ドアを開けて入ってきたコトに気づいたＤＪは、自分の右手を顔の横で開いた。

翔一は、その開かれた手に自分の手のひらを『パンッ』と、気持ちいい音をさせて握る。

「おはよう」２人は、言葉を重ねて挨拶を交わす。

これからの３時間、翔一は、彼のブレークタイムをサポートする。

ゲストＤＪとして。

「じゃあ俺、休憩に出てくるね」

交代したＤＪが、ブースのドアを開けて出て行くのを見送ると翔一は、香子に向き直り
「このお店では、ちょっと気合を入れて真剣にやるから香子ちゃんは、横で見ててね」

香子は、微笑んでうなずいた。

『土曜日の夜なんだし、そばには香子もいるし』

前半、沈みがちだった気分を一気に振り払おうと、六本木でも特に賑わうこのＤＪブースで、選曲に没頭した。

会心の選曲だったと、思う。

その証拠は？

『だって、俺の担当したパートでお店から出ていったゲストは、１人もいなかったよ』

17　Back & Forth – Cameo

「翔ちゃん、翔ちゃん、ベイサイドクラブのミックさんから電話よ、起きて」

ベッドで、寝ている翔一の肩を香子が、ゆすって受話器を耳もとにあてた。

「もしもし」まだ今ひとつ、はっきりしない寝起きの状態で、目をつぶったまま、やっと言葉が出たという感じ。

「あ、ミックだけど寝てるところ悪いね」一応、詫びてはいるが、声のトーンからは、あまりそれを感じ取ることはできない。

「用は、何ですか」翔一は、少し、機嫌悪そうに答えた。

「このあいだYOUが、ベイサイドに来たときに話した『あの件』のことなんだけど」

「いくつ?」翔一は香子がすでに寝室からキッチンへ行ったこと、それは気配で感じていた。

でも話の内容は、できるだけ短い単語で済ます。

たとえ、聞かれていていても何の話なのか解らない、いつも、そういう話しかたをする。

「今回は、500グラムお願いしたいんだけどいつ頃になるか、その辺を聞いときたいんだけどー」ミックが重たい言葉を使うのを聞いたことがない、いつも軽い。

「うーん、すぐには答えられないなぁ、俺の『先（1つ前の段階のディーラー、この場合は新二）』の人間に、聞いてみないとなんとも言えないなぁ」翔一は、あくびをかみ殺しながら言った。

「じゃあ、プライスと日にち解ったら、電話ちょうだい」

「うん、解ったよーそれじゃあね」翔一は、機嫌悪げに受話器を置いて、ベッドからすべり下り、テーブルの上にあったマルボロを1本、口にくわえて火をつけた。

「ＤＪって夜遅くまでお仕事してて、寝るの遅いのに起きるのは早いのね」キッチンにあるダイニングテーブルで、コーヒーをたてている香子が言った。

サイフォンを竹べらで、あおる音が聞こえ、コーヒーの香りがする。

「ねぇ、今何時なの？」翔一が訊く。

「まだ、お昼を過ぎたばっかりよ」香子が答えた。

「えーっ、マジでー、ふーぅ」と最後にタバコの煙を吐いてシャワーを浴びにいく。


翔一は今抱えている自分の状況を、あわせて考えてみると、彼女を巻き込んではいけない問題もある。本格的に一緒に暮らすのは、適切じゃない。そう思っているのだが。

「翔ちゃん、私夕飯のお買い物に、行ってくるわね」

「うん」バスタオルで頭を拭きながら言った。

「なにか、食べたいものある？」玄関で、スニーカーをはきながら香子が訊く。

「香子ちゃんの一番得意な料理がいいな。僕は食べ物に好き嫌い、ないから」

「ＯＫ」そう言って香子は、部屋を出ていった。

この間に翔一は、相棒の新二に連絡を取り、横浜のＤＪミックに返事をしなければならない。

なんとなく後ろめたさを、感じながら
「もしもし新二？」

「あぁ翔ちゃん、おはよう。早いね」

「うん、それで、こないだ横浜行ったときに振られた例の話なんだけどさ、さっき連絡が入ってさぁ、５００グラム『右左（右から左へ、まとめて一回で流すこと）』なんだけど、プライス（値段）どうする？」

「うーん500を『みぎひだり』かぁキロ引きすると、1グラム700円になるんだよねー、300円安いと結構違うよ、500グラム50万、1000（1キロ）だと70万だよ。で、相手にはまだ『プライス』伝えてないんでしょう?」

「うん、一応グラム2000円以下にはなると思うよって言ってあるけど」

「とするとグラム1700円だとして、85万かじゃそれで行こうよ、キロで引いといて500グラムはストックしとこう、すぐにでるでしょ500ぐらい」

「そうだね、片山も、オーダーしてくると思うしね。半分（1キロの半分）出して、引き値の70万は『クリアー』になるから残りの500は、2000円で流しても、100万の利益があるね」翔一が、言った。

「いやー翔ちゃん、マジでDJ辞めてこっち一本にしたほうがいいんじゃないの?」新二は、ひやかすように言った。

「馬鹿なこと言ってないで、早く先方と日取り決めて、折り返し連絡ちょうだいよ」

「はいはい、解りました。じゃあ後で連絡します」

受話器を置いてから、ほぐしてあった『クサ』を、パイプにつめて一服した。

『ここんところ、どんどん扱う量が増えてきている。すこし、ルート（ドラッグを流す地域）を広げておかないと、まとまった量を手元に長い時間置いておくことになる。それは、万が一の場合大きな痛手を、負うことになる。金銭的にも、そして時間的にも。マイナスは、少ないほうがいい。なるべく』

そう思いながら翔一は、古い友人を一人一人、思い出しながら誰に流すのがベストなのか考えていた。

18　One More Night – Phil Collins

「今夜は、どうする？」翔一が訊く、

「うん、今日は帰る。明日は、お仕事があるし」と、香子が答える。

「そっか、そうだね。仕事は大事だからね。今はさぁ俺が、夜の仕事してるから、２人の時間があまりとれないけど、ずーっとこのままってわけじゃないから」

「それってＤＪを辞めるってこと？」彼女は驚いて訊いた。

「いずれは、そういうときも来るだろうと思ってるよ」

「もし、ＤＪを辞めたら次はどんな仕事をしようと思ってるの？」

「あまり、はっきりさせてないんだけど、やっぱり、今までで一番長く続けてこれた『ＤＪ』っていう仕事から、受け取った知識や技術が生かせれば。そう、例えばラジオ局や、テレビ局なんかの放送業界とか、レコードを作る側とか、映画音楽の制作なんかにたずさわれればなぁ、と思ってるよ」漠然としているが、これは彼の本心。

「そうよねぇ、ＤＪのお仕事ってある程度若さがないとできないなって、私も思うわ」

「どんなところが？」翔一は、香子の意外な言葉の本質を、質問したくなった。

「だって、翔ちゃんのお仕事を、何度もすぐそばで見てきたから、解るの。貴方は、本当にダンスが好きな人だから、ブースの中でＤＪするだけじゃ済まないもの、他のお店のＤＪ達では、真似できないスタイルよ。頭から体のすみずみまで全部使って、ゲストたちがダンスをしやすい環境を造っていると思うの、お客さんの立場で踊りに行っていたら、黙々と何のアクションもなくＤＪしてもらってても、あんまり踊る気にならないけど、翔ちゃんなんかは、いっつもマジで『皆踊っちゃえよ、俺も踊ってるゼ』っていう感じで２、

3時間後には汗びっしょりになってて、それが一晩に最低でも2回は、あるでしょう？　年を取ったら、きびしくなると思うよ」香子は、翔一の仕事に対して、ずっと持っていた感想を言った。

「六本木のＤＪってさぁ、一種の花形商売だから、俺もやりたいなって思ってる奴が、たっくさんいるわけ。だから、年寄りが上のほうでつっかえてると、やれる時期を逃してしまう若い人間たちが、かわいそうでしょ。できれば、ＤＪやってるときに備わった何かで、さらに才能を開花させていくべきだと思うんだよね。さっき言っていたラジオとかテレビなんかもそうだし映画を作りたいって言ってる奴もいるし、小説書くって言ってるのもいるからね」


香子を自分の車で彼女の部屋まで送っていってから、翔一は自分のお店に向かう。

「さすがに、日曜の夜はいつもよりも人が少ないな」

確かに歩道はそう見えるけど、車道はいつものとおり渋滞している。

My Pointsのダンスフロアーにも、ゲストの姿はチラホラ見かけるだけ。『今夜はなんとなくノれない気分だな』と思いながら、ＤＪブースに入っていく。

「おはようございます」山崎が、翔一に声をかけた。

「おはよ」一番短く答えた。

「今夜は、ヒマそうですねぇあんまり人、歩いてなかったっスよね外も」

「日曜だしね、仕事のほうもそれなりにパワー落としていこうよ」

「そうっすね」

「理恵（見習いＤＪ）が、来たらお客さんのいるときに、まわさせてみてもいいからな」

「はい、わかりました」

DJブースのほうは山崎に任せて彼は控え室で、新二からの電話を待った。

自分のポケットから、愛用のパイプをにぎり出して掃除を始める。

マリファナ用のパイプって、その形があまりにも小さい。煙草用のものとは違う。

堂々と持ち歩かないものだからたびたびヤニ掃除をしてやらないと、すぐに詰まって、吸えなくなってしまう。ライターの火を大きくして、管に詰まったヤニを思いっきり燃やして吸う。

そして、火口にこびりついているヤニもパイプの受け口を逆さにして大きくしたライターの火にかざして焼く。そして柔らかくなったヤニを以前、霞町のフーピーで買った『ローリングペーパー』で、拭き取る。

「ついでにスクリーンも替えとくか」スクリーンとは、ステンレス製の細かいアミのこと。火口で、燃えたマリファナの灰が、吸い口の細い管に入らないようにするため、火口の底に貼っておく。これを貼っておかないと、一発でつまる。

掃除が一通り終わったら1、2度、吸ったり吹いたりして、通り具合を確かめてみる。

「んー、いいみたい」そう言って彼は、新しいクサをパイプの火口に詰める。

しかし、これをやると毎度のことながら新しいクサをセットするまでもなく、この時点で既にブッ飛んでいる。

でも、せっかくだからセットしたクサも、とりあえず一服してみる。

そして、

「やっぱヤニはくさくてだめだよなぁ、かなり飛ぶけどね。フレッシュなのがヤッパ1番だね」にっこりしながら彼は、独り言をつぶやく。

ソファに、体をあずけて完璧な、リラックスモードにはいったとき、コンコンとドアがノックされた。

「なぁに？」返事をすると

ドアが開いて、顔を出した見習いＤＪの理恵子が、

「チーフに、お電話が入ってます」と言った。

翔一は、ちょっと座り直して

「おー、サンキュー」手渡された受話器を受け取る。

「もしもーし、翔一だよ」

「俺、新二。今さぁ六本木にいるんだけど、ちょっと出てこれない？」

「いいよ、どこにする？」

「じゃぁねぇ、チャーリーズカフェにいるから」

「ＯＫ、わかったすぐに行くよ」

翔一はサングラスをかけながらＤＪブースへ出て、

「ちょっと、出かけてくるね」受話器を渡しながら山崎に言った。

チャーリーズカフェは、オープンテラスのカフェ。

ロイビルの裏手、六本木駐車場の隣にあるお店、歩いて5分もかからない。

その場所に近づくと、テラスのテーブルに座る新二と、見覚えのない女性の姿が見えた。

「久しぶりに来たけど、さすが日曜日、人が少ないよね」

「道が、歩きやすいから俺なんかは、助かるけどね」

「土曜日の六本木は、ハンパじゃないもんねー」新二が言った。

「うん、昨日なんかキューのゲスト、12時からだったんだけどさ、20分前に、My Points出たのに5分前

だよお店に入れたの」

「それは、大げさでしょう?」新二は笑いながら言った。

「そーかなぁ」

「翔ちゃん、もしかして一服してきた?」

「軽くね」

「やっぱし、おかしいと思ったサングラスかけてるし」

「しょうがないでしょー。今夜はヒマなんだし」

「そうかー。で、昼間話した件なんだけどさ火曜の夜にGETしに行くから、翔ちゃん、一緒に行ってくれない?」

「えっ、どこまで?」

「浅草まで」

「何時頃?」

「向こうにつくのが、夜中の2時」

「えー、真夜中に大麻1キロ持って車で移動すんのー?　男2人で?」

「なんも問題ないよ。場所は首都高おりてすぐのとこだし、俺のクラウンで行けば怪しくないよ。翔ちゃんのフィアットじゃまずいけど」

「失礼な、じゃぁ、俺は行かなくってもいいんじゃないの?」

「1人で行っててさぁ、タイミングが悪くて待たされるときなんか、超ヒマなんだよ、ねぇ、お願いだから」

「まぁ、たまにはしょうがないか。いいよ」

「やったぁ、あと、もう1つあったんだ」

「何が？」

「用事」と、言って新二は椅子から立ち上がり、ポケットからマッチ箱を取り出して
「はいっ」翔一に手渡した。

「それが、この間話したやつのサンプル。それを1万で出そうかなぁと思ってる」

翔一は、受け取った『小さな箱』をテーブルの下で、他から見られないように押し開けて、中を見た。

半透明で、大小さまざまな結晶が小さなビニールに詰まっていた。

「G（グラム）売りでも、オーダー（注文）受けていいの？」

「いや、まだ手始めの状態だからグラムでは受けないで、とりあえずはパケ売りでオーダー取ってね」新二はそう言って、席を立った。

19 No Parking – Midnight Star

新二と連れの女の子は、最近オープンした『CLUB ZEM』に行くと言って、翔一と別れた。

自分のお店「My Points」に、戻った翔一は
「ふぅー」と、深いため息をつく、そして思った。

『これ（S）を持っていると、どーも落ち着かないなぁ』彼が、今一番恐れていることは、サンプルとして手渡されたモノを、

『自分で使ってしまおう』その誘惑に自分が、負けてしまうことだった。

『そうだ、片山にこれあげちゃおう』彼は、それはグッドアイデアだと思い電話に、手を伸ばした。

受話器を取ろうとしたその時、外線着信を示すランプが点滅した。

「はい、六本木My Pointsです」翔一が、営業用の受け答えで電話に出ると、

「えーっと、あれっ翔一君？　もしかして」受話器の小さなスピーカーから聞こえてきたその声は、今連絡を取ろうと思っていた片山の声だった。

翔一は、右の眉毛をもち上げて
「どうしたの、片ちゃーん」

「何で解ったの？　俺、一言しか言ってないのに」

「何でって？　俺ＤＪだよ。耳の性能の良さで、ギャラ貰ってるんだから。わかんないわけないでしょ、お互いにね」

「それは、そうだね」

「今日は、どこにいるのよ？」

「いや、今日はオフでね。今は、六本木にいるんだよ。クエストビルのジパングで、友達と踊ってるとこ」

「ふぅーんそうなんだ。そんなときに何で俺んとこなんかに電話してくんの？」翔一は、スッとぼけて訊いた
何の用なのか、だいたいの見当はつく、毎度のこと。

「いやー、あのね、この間原宿の店に来たとき翔一君が言ってたあれ（Ｓのこと）すぐ手に入るの？」片山は、少しかすれ気味な声で言った。

翔一の頭の中では『ビーンゴ』って声が、こだましていた。

さっきはこっちから電話して、貰ってもらおうと思っていたものを反対に、くれてやれる立場に逆転した瞬間だった。

『もう少し、ジラしておこうか』

「うーん、ちょっと訊いてみるよ。じゃあねー、マライヤでコーヒーでも飲んで待っててよ、すぐに行くから」翔一が言った。
「本当？　じゃあ待ってるからごめんね、急に」
「いいって、いいって、お互い様だよ。じゃ、10分か15分後に」そう言って、翔一は自分から電話を切った
「ふーっ」と、息を吐いた翔一が、山崎の顔を見て
「グット・タイムスだな」と言うと
「えっ、次の選曲ですか？」なんて勘違いなことを言ったから、「ちがうよ」そう言いながら翔一は、フフッと笑った。
マライヤは、六本木本通りに面した場所にある普通の喫茶店。いつもなら、お店の前に、露天の花屋が出ているんだけど、今夜は日曜日だからかな？　出ていない。
片山からの電話のあと20分経ってから、自分のお店を出た。
マライヤのドアを開けて、店内を見回した。
そして、客の姿もまばらな店内へ入っていくと、片山と連れの女の子は奥のテーブルにいた。
　翔一は、片山のテーブルに近づいて
「片ちゃーん、食い貯め？」と言った。
すると、むせそうになったのか急いで水を飲み
「変なこと言わないでよー」と、言って彼は笑っていたが、頬のあたりが引き攣っていた。
『まだ、現物（S）を目の前に出してないからああして、食べてられるんだろうけど、半分残ってる今、もしもこれを見せたなら、食欲なんてどこかへ、ふっとんでっちゃうんだろうなぁ、きっと』

「早く食べちゃいなよ、話はそれから」両方のほっぺたを膨らませたまま自分を見ている片山に言った。

ふき出しそうになるのを我慢しながら。

翔一が来ると、速攻で片山は食事を終わらせた。

たばこで一息ついてるときに、翔一は話しながら、片山の目に視線を合わせ彼が気付いた直後、テーブルの下に目線を動かした。

片山はその合図を見て、テーブルの下で手をひろげた。

翔一は、既に用意していたマッチ箱を、彼の手のひらに置いた。

「ちょっと、トイレ」そう言って彼は、席を立った。

おそらく、中身を確認しに行ったのだろう。

しばらくして、ニコニコしながら彼が戻ってきた。

「この間言ってたモノって、これなんだ？」

「そう、そのサイズ。どう？　他の物と比べてみて」

「うん、これは別の所で買うのと比べても多いと思うけど、これで一本（一本と言うのは、1万円のことだ）なの？」

「そう、それで一本だよ」同じ言葉で答えると、片山は、財布から金を出そうとした。

「片ちゃん、これはいいよ。ノープライスサンプルってことでさ」彼の動きを押し留めた。「それは、悪いよ」と、さらに差し出そうとする手を押し止めて
「それよりも、火曜日の夜に『サックン（クサの隠語）』が来るからさ、そっちのほうのオーダー取ってよ。

それでいいから」翔一が言う。

「えっ、それでいいの？　ＯＫ、そっちは任せてよ。じゃぁ遠慮なくいただくね」

「それから今のも、オーダー受けるからね」

「ＯＫ、わかりました」

「火曜日の件は、この前のときと同じものでプライスは１００以上で２５００、10単位は、３０００ってことでお願いします」

「わっかりましたー」

無意味に元気な片山の声に、またふき出しそうになりながら翔一はマライヤを出た。

20　Friends – Jody Watley

火曜日の夜、予定通りの時間に新二とハンバーガーズで合流し、新二がドライブするクラウンで、浅草に向かった。

浅草までの道のりなんて、そんなに遠いもんじゃない。

六本木から、一般道を使っても1時間を少し出るぐらいの距離だろうが、行く目的が、品物をＧＥＴするという場合、なるべく距離の少ない首都高を使うほうが得策。これが２人の一致した意見だった。

だから偵察も兼ねて、行きも首都高を使うことにした。

もし、反対側の車線で検問の気配があったり、大きな事故があったりしたら、首都高を使うのをやめて、一般道に切り替える。そういう予定にした。

新二は、自分の部屋がある芝公園の入り口から首都高速内回り線に入り、銀座方面へ向かう。

竹橋近くで、路はバンク（傾斜）しながら左に旋回し銀座線に入る。

そこからは一直線に上野、そして入谷出口を目指す。

別にアクセルを余計に踏み込まなくったって、20分も走れば入谷の出口につく。

ハイウェイ・エンドのスロープを下ると、目の前に横たわる広い道。

言問い通りを、右に曲がって5分も走ると、左側に、ミックスベリーが見える。

新二は、その店の前で車を止めた。

「この店で先方に、連絡を入れることになってるんだけど、ちょっと早く着いたから、コーヒーでも飲んで時間潰そ」

店の時計に視線をやると、1時30分だった。

2人は、公衆電話が近い席に座り約束の時間が来るのを待った。

「もうすぐ来るから、車に戻って待とう」連絡を取り終えた新二が、翔一に言った。

2人が車に戻り、1分くらいたった頃、後ろからゆっくり近づいてきた車が、2度パッシングして横を通り過ぎた。

新二は、その車の後を少し距離をおいてついて行く。

何度か小道の角を曲がり、何本かの大通りを横切る。

助手席に乗ってるだけの翔一には、どこを走ってるのか全く解らなくなった頃。

前を走っていた車が、ファミリーレストランの駐車場に入った。

新二の運転するクラウンも、それに続いて駐車場に入った。

新二は自分の車のドアを開けて降り、前の車に近づいて、乗り込んだ。

5分もすると、彼は1つの紙袋を持って何食わぬ顔をして戻ってきた。

運転席に座った新二は、

「ちょっとこれ、シートの下にでも隠しといて」と言って翔一に、前の車から持ってきた紙袋を渡した。

それを受け取った翔一は、中を覗いてみる。

国語辞典を2冊重ねたくらいの大きさに、プレス（圧力をかけて、かさを減らすこと）されたマリファナの塊が、ブ厚い透明なビニールでパッケージングされていた。

「結構、すごいよね」新二が言う。

「うん、こんなの初めて見た」翔一が言った。

「俺も」

2人はこれまで、こまかい取引を何度もしてきたが、1キロ単位で取引するのは、これが初めての経験だった。

「よっしゃあ、それじゃ帰りますか」さほど時間もかからず取引が終わり、気をよくした新二が、ため息まじりにつぶやいた。

ことがことだけに、してないって言っても多少の緊張はある。

取引が終わった瞬間、気分的にも一段落するものだ。

『ことが、ことだけにね』

ファミリーレストランの駐車場を出た2人は、来るときに安全なことを確認してある首都高速で芝公園出口へ向かった。

今夜の取引相手は、もうすでに影も形も消えていた。

芝公園出口ランプで、首都高を下りた2人の車は新二の部屋の駐車場で止まった。

「じゃあ俺は、六本木へ帰ってフィアットとって戻ってくるから。横浜の分500（グラム）、わけといてね」翔一は、新二に声をかけ、新二の出した『OKサイン』を確認してから、タクシーを止めた。

六本木のお店についたとき、時間は午前3時を15分過ぎていた。

翔一が、ＤＪブースのドアを開けると、

「あれっ、どうしたんですか？」

翔一はもう六本木には居ない。そう思っていた山崎は、少しだけ驚いたように言った。

「いや、今戻ってきたんだよ。これから横浜」と言いながら、受話器を取ってワイズベイサイドクラブをプッシュした。そして、チーフＤＪのミックを呼び出した。

「はいはーい、ミックです」

「えーっと僕です。持ってきましたよー。どうします？」年齢は『ミック』のほうが、1こ上。

「あっそう、早いねー、こっちに持ってこられる？」

「持ってけますけど、そっちの集金は終わってるんですか？」

「うん、今持ってるよー」

「じゃあ、僕が今から届けに行きますよ」

「本当？　悪いねー。じゃあ待ってるから気をつけてねー」

今のミックの言葉からは、感謝やねぎらいの気持ちを感じ取ることが出来なかった。

受話器を戻しながら『なんか、納得いかないなぁ』と彼は思っていた。

「じゃあお疲れさん、お先。明日、俺はオフでいいんだよな」と確認してから、フィアットに乗り六本木を出た。

新二の部屋に着くとすでに、浅草から持ち帰ったマリファナは真っ二つにされていた。

「出刃包丁で切ったよ、まさかのこぎりは使えないじゃんか」新二が言った。

2つになったブロックを、1つずつ量ってみると

「両方とも、500グラム以上あるよ。1キロと100グラム近くあるね」電子計量ツールのデジタル表示を見つめながら、新二が言う。

「本当に？　これまでの取引じゃぁ少ないことはあったけど絶対に、多いことなんか、なかったよねー」

一般社会で交わされる取引では、決して扱わない品物だけに、品質や量的なものに対するクレームも、感情にまかせて、乱暴に入れるわけにはいかない。

なんと言っても、取引相手は100％が、不良（ヤクザ・暴力団関係者）だから。

「これは多分さぁ、100グラム単位で取引きする場合には密輸された『クサ』を、国内で最初に受け取ったディーラーが、きっちりと測って出すからなんじゃないのかな？　だって、これは密輸ものだから、さっき浅草から持ってきたあの状態で、日本に入ってくるんだよ。だからキロで出す場合はさ、測ったりしないでそのまま出すんだよきっと、面ど臭がり屋が多いからね、この業界は」

「そっか、じゃあ途中で誰かの手が入ってないし、ということはこのマリファナを最後に触ったのは、どこかの外国人なわけだね」翔一は、楽しそうに言った。

「そうだねぇ、多分この品物だったらタイ人、かもしれないね」

「なーるほどね」と、翔一は言った。

「新二、ハカリ貸して。このまま出す訳にはいかないでしょ、量は合わせておかなくっちゃね。ここからは」デジタル計量器でマリファナのブロックを500グラムに合わせた。

「はじいたヤツは俺が、貰っとくよ」

「うん、いいよ、残りは、自分で吸っても、サンプルで出してもいいもんね」新二が言った。

「じゃあ、今から横浜までデリバリーしに行ってくるから、お金は明日でいいでしょ」

「うん、いいよ。今から行くんだ、気をつけてね」

「ちょっとさ、黒い袋と黒いガムテープ貸してよ」

「なんに使うの？」

「一応、カムフラージュしていくよ、用心のため」

「それは、GOODだね」

翔一は、５００グラムに合わせたマリファナのブロックを、四角いまま、形を整えながら袋に入れてきちんと角に折り目を入れて、ガムテープをたるみなくピッチリとまきつけた。

「こんなもんですかね？」黒くて、四角い単なる『箱』のようになったマリファナの塊を左手の上にのせて、新二に向かって言った。

「うん、いいね。なんか、車の工具入れかなんかに見える」

「俺も、そんなイメージで作ってたんだよ。なかなかいいよね」

「上出来でしょう」新二が言った。

５００グラムから、削って余ったクサは、ジッパー袋の中に入れて背中の素肌に、ガムテープでとめた。

新二と駐車場に降りて、翔一はフィアットのドアを開けて中を覗きながら少し、思案した。

そして運転席の足もと、アクセルとブレーキの奥にガムテープで不自然にならないように固定した。

翔一のフィアットはイタリア車だから、ノーマルセッティングの場合、フットペダルまでが異常に遠い、イタリア人用だから。

この車を買うときに、彼の身長に合わせて、ジャパニーズ・サイズ・セッティングに変更してもらった。ペダルを少し？（だいぶ？）、前に出してもらったということで奥にできたそのスペースは、前々から気になっていた。

新二の部屋で作った『黒い箱』のような物体は、そのスペースにスッキリと納まった。

中を覗き込んでいた新二が
「カーンペキでしょう！」感心したように言った。

「おやすみ」翔一は、フィアットのドアを閉めながら言った。

「気をつけてね、おやすみ」新二が言い終えたと同時に、エンジンに火を入れる。

地下駐車場から表通りへ出て、右折。首都高に再び乗って、今度は横羽線で横浜を目指す。

横羽線に入ってしばらくすると羽田空港がある。

もう少し早い時間だったら、幻想的なイルミネーションに彩られた滑走路を、一瞬視界にとらえることができる。

これも、横羽線を走るときの楽しみの一つ。

東京と神奈川の境で、今まで羽田線だった道が横浜線に変わる。

これが、横羽線と呼ばれる名前の由来だ。

その場所には料金所がある。

一旦、フィアットを停止させて料金を支払う。


料金所の先にゆれながら回転する赤いランプを、翔一は確認した。

『なんだ？』一瞬、思ったが、なんということはない、あれは間違いなく警察車両がいる証拠だ。

様子を見ながらスピードを抑えて走り出すと、案の定。

偉そうに『止まれ』って文字が入っているでかい旗を持った交機（交通機動隊）の制服が、彼の視界に乱入してきた。

彼はゆっくりとフィアットを止めて、窓を開けた。

「なんでしょうか?」制服に声をかけた。

「この先で死亡事故が発生しました。シートベルトの着用は大丈夫ですか?」

そう言った彼は、助手席側へ回って翔一のフィアットに、いやーな視線を向けている。

「ちゃんとつけてますよ」笑顔をつくって言うと、奴は
「ご協力有難うございます。くれぐれも安全運転でお願いします」そう言って敬礼をした。

「ご苦労様です」そう言い残して、アクセルを開けフィアットを加速させた。


大黒埠頭から、横浜ベイブリッジを渡れば、新山下の出口は目と鼻の先。

ベイサイドクラブの駐車場で車を止めて、プール・バーに入っていく。

ダンスフロアースペースは、もうクローズしていた。

カウンターに居た娘に、チーフのミックを呼びだしてって頼むと、彼はすぐにやって来た。

「いやいや、ご苦労様ですー」白々と夜も明けようとしているこの時間に、こんなにも元気な人間は、

『日本中を探しても、そんなに多くは居ないだろうな』翔一は、そう思いながら、分厚い膨らみを持った
封筒をミックから受け取り、クサの入った黒い塊を渡した。

「首都高使って来れば、あっと言う間ですよ。横浜なんて近いもんですよ」

と言ったとき、時計に視線を移してみるとすでに、午前4時30分を回っていた。

ベイサイドクラブからの帰り道、彼は『残っている500グラムも早めに、サバく段取りをねらなきゃな』と考えていた。

部屋のドアを開けると玄関には、香子のパンプスが揃えてあった。

『来てるのか』

自分の部屋に香子が居るということ、たったそれだけのことなのに嬉しさがこみ上げてくるけれど、彼女はもう寝ている。

服を着替えるとき、新二の部屋で自分の背中に貼ったジッパー袋を、眉間にシワを寄せながら、ペリペリはがして中に入っているモノを、あらためて眺めてみた。

そして、彼愛用のパイプにつめて1服してみる。

「うん、前回のモノと同じだな」それを確認してから、もう1服。そうしてから、よしとけばいいのに彼は、横浜のミックから受け取った封筒の現金を数え始めた。

85万円入っているはずなのだが何度、数えても85万円にならない。と、いうよりも数えているそばから、数字を忘れているらしい。

「ずいぶん、飛んでるなぁ、ヤバイからもう寝よっかな」そう言ってベッドで小さな寝息をたてている。

香子の隣に、もぐり込んだ。

セットリスト No. 3（第三章）

21　Wipeout - Fat Boys

恐ろしく強い日差しが、カーテンの持つ意味を打ち消そうとしている。

目を覚ました翔一は、しばらくの間、煙草に火も付けないで天井に映る反射光を見つめていた。

香子は、先に起きていたみたい。

キッチンでなんかやってるらしい、その気配をベットの上で感じていた。

彼は、目を開けたまま考えている。

『クサを流すルート（買い手）を、大幅に広げる必要があるなぁ。できれば、現在進行形で流してる場所から、なるべく遠いほうがいいよなぁ。バッティングする可能性もあるし』

しばらく考えてからテーブルの上にあるKOOLの箱に、手を伸ばして火をつけなかった煙草を戻した。

『そうだ、久々に行ってみっかな』翔一は足を上げ、おろす反動を使ってベッドから降りた。

キッチンにいる香子に
「おはよう」と、声をかけて頬にキスをした。

「おはよう。ごめんね、先に寝てて」

「いいよ、そんなこと。今日は、ちょっと遠出するよ。食べたら出かけよう」

「うん、すぐ出来るから」

軽いブランチをとったら、2人、超まぶしい光線が照射されっぱなしの空間の中、夏色をまとうフィアットX1／9を陽炎に向けて加速させていった。

「沼津までドライブね」翔一は、香子に行く先を告げた。

たしかに遠出だ。

「何か、ご用があるの?」全開にした窓からは、熱気を含んだ爽やかな風が入り込み、少し乱れた髪を右手で、かき上げながら香子は尋ねた。

「うん、なつかしい友達に会いに行く。それと、海の近くでおいしいものを食べる。こんな用向きかな?」

「そっか、沼津だもんね。おいしいもの、いっぱい有りそうね」

初めて翔一と、遠出する時間。

香子は、突然始まったイベントに、すこし興奮気味の様子。

国道246号線から「東名高速川崎インター」へ向かう。

ハイウェイで加速するX1／9の隠れた爪は、アスファルトに黒いラインを刻み続ける。

途中にある海老名サービスエリアで、一瞬、休憩をとっただけ。

あとは『沼津インターチェンジ』までノンストップで走り抜けた。

「いい天気で、よかったね」

海老名S・Aで、フィアットのトップ（屋根のこと）をはずして、次第に弱まってゆく、初夏の光線を全身で感じながら、2人はここまで走り続けた。

「雨降りじゃ、屋根は開けられなかったもんねっ」こいつが持っている意外な得意技に、上機嫌の香子は、フィアットのボディに優しく触れながら言った。

パーキングで休憩中のフィアットX1／9も、

『いい仕事ができたよ』って言っている。

そんなイメージを、2人は感じ取っていた。

JR沼津駅のアーケードは、海岸に向かって、ながーく続いている。

2人は手をつなぎ、ゆっくりと沼津を歩いた。

『東京の街と比較する気なんて、さらさらないよ。だってさぁ、ここは、なんてったって海がすぐ近くにある街』

太平洋を見渡すパノラマを、凌駕できるロケーションなんか東京にはあり得ない。

『東京にあるのは、永遠にバランスを保ち続けることも出来ないような、かりそめの美しさだけ。永遠に、有り続けることが出来ないという宿命を持ち、同時に伴う危なっかしいもろさは、自然界では絶対に存在しない項目。改めて考えてみると東京にある哀愁は、近づこうと努力し続けても、決して近づくことは出来ない完璧に対して、たえず憧れ続ける悲しみが、つくりだすものなのかもしれないな』

沼津で、新鮮な海鮮素材を使った料理を出してくれるところなんか山ほどある。

ロングドライブの疲れを癒すため、ゆったりとした磯料理屋の個室座敷で2人、おいしいもので埋まった膳を前にして座ってから、綺麗に空いたお膳を作りだすのにかかった時間は、いつもの食事時間よりなぜか、短かった。

沼津に来た目的のうち、1つ目をクリアした2人は、しまいのお茶を口もとへ運びながら

「さすがに、海が近いだけあるよね。これだけでも、来た甲斐があるよねぇ、でもさ、なんにも残っていないお膳ってのは、まるで使用前と使用後のようだよね」と、言って翔一が香子の笑顔をさそった。

「ホント新鮮で、おいしかったね」

沼津で、唯一のダンスフロアー『BUSHI』。

エントランス&クロークでフロアーマネージャーの太田が、2人を出迎えた。

「水嶋さん、お久しぶりです。相変わらず、お元気そうですね」

「うん、元気だよ。BUSHIのみんなも、元気でやってる?」

「フロアーの顔ぶれはほとんど、変わっちゃいましたけどDJブースのほうは、全然、変わってないですよ。メンバーも、あのときのままです」

この業界ではスタッフの出入り（入・退職者）が、とってもはげしい。

「そっかぁーそれで、庄司君はまだ来てないの?」

「ええ、まだ来てないみたいです。彼は遅番らしいですから、だいたい10時半ぐらいだと思いますよ。ですから、とりあえずこちらへどうぞ」彼は、2人の先に立って席へと案内してくれた。

そこは、ひと昔前なら、どこのダンスフロアーでも必ずあった場所。俗に言う、『VIPスペース』。余裕を持ってセッティングされたテーブルセット、それとVIPスペース専用のカクテルカウンターが、雰囲気良く備えられている。

この店のVIPはダンスフロアーとのしきりに、おっきな1枚物のガラスが嵌めてあるから、話をするという目的がある場合には、もってこいのスペースだった。

『東京では、もう見かけなくなったスタイルが、まだここには存在している。決して古いとか、時代遅れだとか言うつもりは、全くない』ただ、懐かしさが、自然にフラッシュバックのスイッチを入れる。

2人をエスコートした太田は、VIP専用カウンターに入り、シェイカーを振って、ドリンクをサービスしてくれた。

「静岡とか、沼津あたりのドラッグ事情は、どうなの？　前に俺が来たときは、クサ（マリファナ）が、ないって言ってたじゃん。最近は、そこらへんどうなの？」

翔一は『世間ばなしモード』の流れの中で、話題を自然にそっちへ持ってった。

「相変わらず、ってとこですかねぇ。前、水嶋さんが来たときに話した状況は、少しも変化してないですね」と、大田は言った。

「そうなんだぁ」翔一が短い相づちを打つと、それに続けて太田は
「ここ沼津には、うちのお店1軒しかないんですけど静岡のほうはこの街よりもずっと広いし、ディスコも、なん軒かあるんですよ。僕の友達も現役で黒服やってる奴がいるんで、そっち（ドラッグ関係）の情報は早めにつかめる環境にあるんですけど、おそらくは、供給側に問題があるってかんじなんですよね。沼津、静岡あたりの不良（ヤクザのこと）は、一色（1つの組織の意）なんですよ。その組織では、麻薬厳禁が決まり事になってるらしいんですよね。僕の先輩連中にも何人かゲソつけてる（暴力団組織の一員であること）人も居るんで、たまに顔を出しにいったとき、『先輩、たまにはクサ吸いたいっスよ』なんて、言ってるんですけど、言うたんび説教されちゃうし、マジで、なんかおかしいですよね、これって。だから、こないだ僕の友達が、シビレきらして東京の知り合いから引いてきましたけど、10グラムで5万円とか、6万円とか100グラム以上の単位でオーダーなんつったら、どこも受けてくれませんよ、品物が薄い（手に入らない）んですから」半年前にはじめて翔一が、BUSHIに来たときに彼から聞いた言葉を、太田はもう一度復唱していた。

『やっぱりな』

とりあえずここにはニーズがあるけど、簡単には手に入らない、そういう環境であるということが、よー

く理解できた。

これから商品を、持ち込もうとする翔一にとって、これよりも上はないベストな環境だった。10グラムにまとめても1グラムが5、6000円のプライス、それでも売買が成立する。となればここが、おいしい市場であることは、疑いようがない。

『ヤッパシ、東京とはちがう』

「10グラムで、5、6万しても買い手がつくの?」

「売れますよー。ちょっと量が、短く（少ないこと）てもクレームつける奴なんか、居ませんよ。だって、本当に貴重品なんですから」

「じゃあ、東京からのプライスは1グラム、4（4000円）。東京まで、取りに行って、3・5（3500円）まで下がったかな?って、とこだろうな」翔一が言った。

もしも静岡からのオーダーを受けるとしたらおそらく、このくらいのプライスを設定するだろう、という予測から出た言葉だった。

「さっき、僕が言った東京まで自分で取り引きに行ってるって奴は、けっこう仲がいい友達なんですけど、正確な引き値（取り引きする値段・プライス）まで聞いたことはないですけど、毎回、赤字ぎりぎりだって、言ってます」今日、沼津まで足をのばした彼の目的は、この店で一番親しかったDJの庄司という人間に話をするためだったが、彼の目の前にいるこの太田のほうが『適任かもしれないな』そう思い直した。

そして翔一は、メインの内容を太田にきり出すことにした。

「太田君は、そっちの事情に明るいんだねぇ。そこでさぁ、あんまり少ない量じゃ、静岡と東京を、行ったり来たりできないだろうけど、そうだなぁ、100グラム以上にオーダーをまとめることができるなら俺が直接、太田君に出してあげてもいいよ、プライスのほうも、君が動いた分の利益が、きちんと出せる値段で出したげるよ。どぉ、詳しい話を聞く気はある?」太田は翔一が言った今の言葉に対して、目が点の状態らしい。

今までは、ただの世間話にすぎなかった話題から一転してたいへん重要な、二者択一を迫られる場面が彼を待っていたのだから、無理もないことだったが。

太田は、即答をしない。ある意味、当然のリアクションだが、なにかに迷う気持ちがあるようには見えないし、困って答えを探してるようにも見えない。

彼が、即答をさけた。と言っても、返事の確定に、さほどの時間はかからなかった。

「取引のルートを、水嶋さんが僕に対して、開放してくれる。ということですよね、今の話のポイントは。そうっすね、プライスの点でお互いに、問題がないのなら僕は、そのお話に乗らせてもらいたいと思います」太田は言った。

翔一は半年前に、ほんの数時間だけ親しく言葉のやり取りをしただけの付き合いしか記憶していないが、太田の使った今の言葉と、その態度には、中途半端な人間じゃあ決して備わらない慎重さが身についてるということを確認することができた。

「現時点で俺に言えることはね。基本的にモノとキャッシュは手渡しで、先づけ、後づけ（キャッシュの先払い、後払いという意味の隠語）は、なし。物と現金を直接交換すること、その1点だけはどんな問題が起きたときでも絶対に、変更しないこと。あとは、非常事態で、取引が難しい状況になった場合には、絶対に無理をしないで、日を改めるか中止すること。なにが一番大事なのか?という点では、お互い価値観を共通のレベルで認識してもらいたいんだ。お互いの身の安全を最優先に確保しながら、ヤルということ。お互いって言ったのはね、自分だけの身の安全だけじゃなくて、自分につながっている人間達に対しても、同じように全力を尽くすこと。そのことだからね。プライスは、そんときによって違う場合がたまにはあるけど、今んところは100グラムで、どんなに高くても30万、1グラム3000円だね。100グラム持っていって、5000円で全部出せれば経費を差し引いても、手元には15万円の現金が残るだろう、100グラムを月に2回もやれば、このお店のでギャラより稼ぐことができる。あんまりシャカリキになってやらなくてもいいし、自分のやりやすい状況を、時間かけて作って。その範囲の中に常時、気を配るようにすれば問題は起きないから、ヒヤヒヤしたり、恐い思いをしないように気をつけて、考えてやれば平気だよ。おそらく太田君には、それが出来ると思うよ」

香子が「ダンスフロアーに顔出してくるね」そう言って席を外した間に、思っていた予定の全てがいい形で完了した。

翔一はポケットから、小さめのパッケージに分けて入れといたサンプルを、つまみ出し「再会の手土産ね」と言って、太田に渡した。

「えー、ありがとうございます。久しぶりにオガミましたよ。なつかしい色ッスね」彼はホント嬉しそうに、受け取った手土産をながめている。

ここにいる太田という男は、今夜、翔一がお店に訪れてから起こった意外な展開を、問題なく受け入れられる器量と、この商売に必要なベース（販路）が、すでにあるということ。先入観を与えずに聞いていた前半の会話のなかで、そう判断した。

信用が出来るか、出来ないかを考えたときに、信用できる側のウエイトのほうが重い。

彼は直感的にそう感じた。

不確かなものを信頼しようとするとき、直感が正解をツモってくるってことは、すでになんども経験している。

いつでも迷いは、不正解を引き寄せるものだ。
「ちょっといいッスか?」太田が言ったとき、ダンスフロアーで動く影にハマっていた翔一は、彼に視線を戻して
「キメ（マリファナを吸うこと）に行くの?」そう言うと、彼は
「はい」と答えた。
「吸いすぎると、わっけわかんなくなっちゃうくらいのモノだから、気をつけてね」
「わかりました。じゃぁ、すぐ戻ってきます」と言う太田に
「いや、慌てないでゆっくりじっくり、テイスティングしてみ」
「はい、じゃぁ、ゆっくり行ってきます」と言って消えた。
彼ならおそらくマネージャーオフィスで、それか少なくともドアが開く前にノックすることが決められている場所でゆっくり安全にやってくるだろう。

22 Style – Grandmaster Flash

沼津のBUSHIに出向いて太田と話をしたあの日から、3日経った週末に、彼からMy Pointsに連絡が入った。

「おはようございます。こないだはごちそうさまでした。あの後ヤバイかったっす。さすがに、ベリーナイス・クラスですね」

「だろ、ピンキリだからね。こないだのヤツなら、今国内にあるモノの中でも、トップクラスだよ。間違いなく」

「いやーその通りッスね、あそこまでいけるものは、滅多に手に入らないでしょうね」

「うーん、そうでもないよ。俺が最近扱ってるのは、ほとんどあのクラスだよ。収穫場所や種類（大別して、インディカ種とサティバ種がある）が変わっても、コンスタントにあれクラスのモノが入って来てるよ。今のところはね」

単なるお礼の連絡じゃないな、と翔一は思っていた。

「そうですか。それでですね、さっそくオーダーさせていただきたいんですけど、いいですか？」

「うん、いいよ。それで、どのくらい？」

「200グラム、お願いしたいんですけど、今日お願いしといたらだいたいいつ頃、受け渡しできるんスか？」

「いや太田君の都合に合わせるよ、今夜っつーのはちょっと無理があるけど、早いほうがいいんなら、明日の午後でもいいよ」

新二の部屋にストックされているクサは、まだ2人とも手をつけていない。

「えっ、そうなんですか？　さすがに東京はスピーディですね、今日お願いして、明日にはOKなんて初めてですよ。今までのルートなら早くても3日、最悪の場合なら確実に入るって言うから現金を渡したのに、連絡が取れなくなっちゃったりして嫌な思いをしたことが、何度もありましたよ」太田が言った。

どこで、誰がやっても同じトラブルはある。

「そうか、それはひどいね。俺のところでもね、それは絶対に有り得ないことだとは言えないよ。扱ってるモノが特別だから、なにが起こるか解らない状況は、他で同じコトをやってるヤツらと変わらないだろう。でもね、俺達のブレーンで、もしもの場合が発生したときには、その問題の細かい状況と考えられるかぎり的確な予測を、みんなに知らせるようにしてるから、太田君には余計な心配はかけないよ。俺がキャッシュを先にもらったり、後払いをさせないって言っていたことの本質は、そこにあるんだけどね」翔一は言った。

「そうなんすか。僕はアレを手に入れるとき、いつも弱い者の立場で関わっていたので、水嶋さんのような立場で考えたことは、はっきり言ってありません。だから、今水嶋さんの言った本質という言葉の意味も、イマイチつかめてないのが現状です。でも、こないだうちのお店で水嶋さんと会ったときから僕が強く感じてたことは、弱い立場の人間のこと、つまり、自分以外のものにも気を配る余裕と言うのか、問題に対処する能力と、それを処理するスピードが早い。その二つを両方とも持ってる人だったんだなって」

「太田君、きみもけっこういいもの持ってるはずだよ、絶対にね。チャンスがあったら、しばらく東京で暮らしてみたら？　そっちでも夜行性人間やってるんだし、住むとこさえどうにかできれば、なんも問題ないでしょう。金銭的な余裕が、ちょっとだけ減るかも知れないけど、それよりも六本木で生活すると、なんていうかぁなァ、この街のすべてのものから俺たちが、受け続ける影響？　とにかくそれは、すごいモノなんだよな。まぁ、人によってはなんの関係もない世界で、単なる遊び場なんだろうけどさ……その気があったら来ればいいんじゃん。良い悪いはとりあえず考えない。ここから受けた影響を全て否定しないで受け入れる。学習をする。この街でそれができたらきっとその人はすごく高い場所まで、成長していけるだろうなって思ってるんだ。まぁ、来て住んでみりゃわかるよ」

2人は、明日の受け渡しの時間と、段取りを確認し合って電話を切った。

翔一は受話器を戻さず、そのまま片山のお店をコールした。

「水嶋ですけどー、こないだ頼んどいたオーダーは、どんな感じ？　まだ、訊いてる途中だろうけど、今夜、別口でモノ取りに行く予定になったから、そっちにも注文きてるようだったらついでに、持ってこようと思ってさ」

「そう、とりあえず今ねぇ、150集まってるんだけど、あと1件ぶん50ってやつが返事を待ってる状態」

と片山は答えた。

「じゃあ、そっちの150も、ついでに持ってくるよ」

「OKだけど、現金はまだ銀行だから受け渡しは明日にしてね」

「OKでーす。じゃあ明日の夜、六本木に持ってきててればいいよね？」

「うん、こっちもキャッシュ準備しておくから連絡してくれます?」

「いいよーじゃあ、俺から連絡すんねー」翔一が言った。

「じゃあ、そんな感じで」通話は、切れた。

彼は受話器を持ったまま、続けて新二にコールした。

「はいもしもし、鷲尾です」珍しく新二が、直接電話に出た。

「俺だよ、今夜、帰るときに350、取りに行きたいんだけど部屋にいる?」

「いるよ、今日は土曜なのに、超ヒマこいてるよ。あとさ、昨日こっちに100(グラム)オーダー入ったから2300円で、あとで来るんなら現金もついでに渡すから持ってってよ、用意してあるからさ」

「サンキュー。とするとぉ、浅草便(2人で浅草へ取引に行ったときの品物)の残りが500でぇ、新二が100でしょ、今日の350で残りは、あと50だね」

「意外と早いペースで減ったよね」新二が言った。

「手もとにヤバイものをストックする場合は、それを身の回りに置いとく時間を出来るだけ短くすることが最重要なことだからね、あとでそっちに取りに行く350のうち、200は、こないだ沼津まで行って切り開いた新ルートに、流す分だからね。モノを置いてある場所は、新二んとこだし新二がヤバイ場合は俺も、間違いなく危ないんだからお互いに共通する危険要素は、俺と新二のどちらかが、早めに潰しておくのが鉄則だよ。もし、逮捕状が出てガサ(家宅捜査)が入ったら、50グラムだけなら、違法所持で済むだろうけど、

500グラム持ってるときに、ヤられ（逮捕されること）ちゃったら所持だけで勘弁は利かないね。間違いなく、営利目的のために持ってたんだろって追及されるよ。新聞にも載っちゃうだろうし、警察の取り調べはキツイだろうしそんで営利目的が乗っかったら、倍長くなるんだよ。塀の中がね」

「それは俺も気付いているし、考えることもあるけどベストな答えにはなかなかたどり着かないんだよ」

「だめだよ新二、こんなことはね、たどり着くことが出来ないような難しい問題じゃないよ、確かにそういうあやふやなモノで、これだけが正解っつうものも、状況によっては見当たらないことがある。だけど、まあいっか。なーんて、やってると時間の長いペナルティを背負わされて。そんとき必ず、ああしとけば良かったなぁ。なんて、後悔するようになるんだからね」

「そうだよねー。ここんとこ扱う量が、増えてきたんだから気を付けないとね」

「そういうことだね、話は変わるけど後で取りに行く分の内訳は、150が2500円、200は3000円で出したから32万5000と60万で92万5000円ってとこかな」

「えっ、そうなの！　やっぱり翔ちゃんはすごいよね。俺がいくら頑張っても、この短時間で1キロをその値段でサバクことは出来ないよ。今回だって翔ちゃん、1キロのうち、1人で850グラム出したんでしょう、1週間経ってないよ、アレ持ってきてから。やっぱ、翔ちゃんはこっち側の世界1本だけでも、充分やっていけんじゃないの？」

「んなことないって、そんなに甘くないよ。俺が金がらみの人間関係、大っ嫌いなの知ってるでしょ。今出てる結果は、俺が、六本木でDJやってるっていう要素が1番重要なポイントなんだから、この環境以外で今以上の結果が出ることはないと思うよ」

翔一は、このとき、

『卵が先なのかな、それとも鶏？』そんな言葉が頭に浮かび、すこし複雑な心境になった。

「そうだよねー。自分の環境の中でも可能なことと不可能なことは、いっぱいあるからね。じゃあさぁ、ひとつ訊いていい？」と新二が言う。

「いいよ」と翔一は答えた。

「俺はさぁ、今過ごしてる環境がすごく生活しやすいと思ってる。一般的な社会生活を選ぶしかない人達に比べたら絶対に自由だし、金銭的な余裕もある。でもね、今俺が生きてる環境を作り出した力は、俺一人の力以上のものになってると思ってる。俺、鷲尾新二という人間が今、なんの不満もなく生きていられる環境ってやつを作り始めてから、このときまでそれを維持できたのはマジで翔ちゃんがいるからだって思ってるんだ。感謝もしてるし、六本木でＤＪやってる幼なじみを誇らしく思ってる。言いたいことはさぁ、俺にとって、翔ちゃんと仲間でいられることはすごくプラスになってるだけど、翔ちゃんにとっては、違うかも知れない、なんてさ、あんまりヒマがありすぎるんで変なこと考えることが、たまにあるんだ」

「んだよー。真剣に聞いてたのに今夜の君はそうとうテンションが下がってるね、女にでもふられたか？いい？　君の質問に答えっからね。人間ってのは、一人じゃぁ、たいしたことが出来ないようになってるんだ。俺達はそんな環境の中で生きてるんだよ、基本的にね。先人達がそういう社会を作ってきたからね。だからぁ、例えば同じ仕事が出来る個人と、会社があるとしたら、どっちに頼む？　なんか特別な事情がなければ、会社という人間の集合体のほうを選ぶだろ。なんでかっつえば、単純に１人じゃないからなんだよ。１人でやる作業ってのは、柔軟性に乏しくて、新しいアイディアを生んで、それを応用することがなかなか出来ない環境になる。それは、カバーリングやサポーティングを、自分以外の人にしてもらうことがないからなんだよ。余裕を持って事にあたれないってことになるだろう？　よくいう１２０パーセントの力っていうのは、自分以外の人から、または物からでも力を借りたり応用したりしなけりゃ余裕や進歩、その他にもいろいろあるプラスの要素も、摑み得ることは出来ないいんじゃないの。俺の現状は満足のいく環境だし、その満足は、俺だけの力で成り立っているなんて思ってないよ。新二の力が、あるからこそ出来ることなんだよ、それがお互い様ってやつでしょう」

23 Mama Used To Say - Junior

翌日、翔一は予定通り新横浜駅で太田に品物を渡し、その足で六本木に向かった。

今夜、片山に渡す品物を持って。

日曜日の六本木は、あまり好きじゃない、理由は特に重要なことじゃないから、今まで考えたこともなかったけど、やっぱ『ヒトガスクナイ』からでしょう。


片山のいるお店ラズィールに顔を出し、彼に手荷物を1つ渡す。これだけで今夜、彼の仕事は終わり。

自分のお店My Pointsには行かない。

『日曜の夜なんか、六本木に来たって、気が滅入るだけだよ』

今夜、2ヵ所で集金した現金を持って、新二の部屋がある芝公園へ向かった。

翔一が玄関のドアを開くと、そこにはドアロックを開けに来た新二が翔一のためのスリッパを揃えて置いてるところ。

これは、2人が子供の頃同じ人から学び備わった習慣。

癖のようなものだ。

広尾の閑静な場所にある広い屋敷に、今も住んでいる新二の母親は、

「来客に対してはスリッパを玄関口に揃えて出してあげなさい、お客さまを迎えるときには、自分の意識にも緊張感を持たせなければいけないのよ、スリッパを揃えてあげるのは『カジン』の務めなのよ」と、よ

く言っていた。

子供心に、礼という行為のさりげなさと、わびさびを感じていたものだった。

『カジン』と『ワビサビ』という言葉は、小学校で教わる前だったけれど。


新二のおかあさんは、小学生からの翔一をほぼ正確に知っているという貴重な大人だ。転校生で友達が少なかった翔一は一週間のうちに5、6日、ほとんど毎日、屋敷と呼ぶにふさわしい新二んちに通っていた。

その頃から、今まで、1度も欠かさずにお客さまを迎え入れる礼をつくしてくれている。

翔一にとっては、教わることの多かった大人。

母親を持たず、人生をここまで過ごしてきた翔一は、本来、母親に教わるべき大切なこと、その全てを新二のお母さんに、新二と並んで椅子に座らされてやさしく教えてもらった。

恩のある大人の人だった。

「おかあさんは、元気?」翔一は新二の姿を見て、あの頃のなつかしさを覚えて訊いた。

「おお、相変わらず無意味に元気で困ってるよ。翔ちゃんも、たまには広尾の家に顔を出してやってくれよ、毎度おふくろに会うたび『翔ちゃんは元気なの?』って、言ってるよ。最近は、俺にも『そろそろ、お店を手伝ってくれないかなぁ』なんつってプレッシャーかけてくるしさぁ」新二は、なんとなく嬉しそうに言った。

玄関からリビングに移り、8人は余裕で掛けられるソファに2人は座った。

「そう、元気なんだ。おかあさん。ま、そのうち広尾にも寄ってみるよ。話は変わるけどさ、はじめの頃は30グラムとか50グラムの取引だったし、儲けなんか自分の吸う分が、少し浮くくらいのもんだったのにな」

「DJの仕事のほうは、どうなの？」

「どう、って言われても、そうだね。あの世界ではもう大変革はあり得ない。時間の流れと共に、新しいものが古いものにすりかわっていくことを繰り返していくって感じなんだろうね、この先ずっと」

24　Rumors – Timex Social Club

バブルという名の圧力が、膨らみ続けている。

今、六本木の街には時間とお金を、もてあました人間があふれていた。

この街で、生活の糧を得ている俺達にとって、ニュースなんか見るのは、ほんのたまに。

「今日は、何日だったっけ？　えっ、今日って何曜日？　ヤバッ」そう言って、久しぶりに連絡が取れたってのに
「ゴメン、やばいわ翔一君、またこっちから連絡入れるよ」と言って電話を切ると、そのままもう2度と連絡が取れなくなってしまう。

その頃は、そんな奴がトクに多かったね。

六本木に存在してる人間関係って、一般社会で言う繋がりとは違ってて、例えば、空気すら動くことのないようななにもない空間の中。

空中で、からみ合ってるすごく細くて、透き通った蜘蛛の糸みたいなもん。

自分の身を置くテリトリー（空間）で、少しだけ空気が動いた。


たったそれだけのことで。

頼りなく絡んでいた糸が外れ黒い影の中に消えていってしまう、そんな感じ、消えてしまったヤツを知っている誰かが確認と、情報収集を兼ねて、

「恵比寿にあるソウルバーで、DJやってるダイスケって言いますけど」

なんて、受話器の向こうから、いきなり話を切り出す奴も多かったねぇ。

「DJの水嶋さんですよね」このへんまでなら、よくあることだから余裕もある。でも次に相手が話す、内容、名前によっては精神的な余裕なんてコイてる場合じゃなくなって『早く、逃げなきゃ』ってなる場合も、無きにしも非ず。

「『逃げなきゃ』も相手が『警察』ならさぁ1年後か2年後に、よう、お久し振りですっていうこともあるけどそれ以外の場合は、あまり考えたくないね、ヤバすぎるから」

バブルってさ、なんかあっちこっちで景気がいいみたいだねぇ。どこの業界もいいみたいだし、うちの店の売上は、開店当時の売上を200％上回ったよ。

なんて話は、よく聞くよね。最近は。

『みんな、お金持ってるよー』

DJブースからカウンターへ行って、いつも翔一が飲んでいる。

「ミネラルウォーターに、ちょっとだけバーボン入れてちょうだい」

カウンターにいた大学生アルバイトの男の子に言って、テーブルにもたれて店内を見回すと。

最近、出回り始めた携帯電話に向かって大声をはり上げているヤツを、よく見かけるようになった。

この2つくらいが、最近の六本木でハヤッテルことかなぁ。

全てを含めて、いろんな要素が絡み合っていたろうけど、とどのつまり、お金がはやってる？

人間なんて、しょせん動物で一番大事なのは自分だ。

どんな奇麗事を言っても、1番大事なのは、自分しかない。

これまでも、そしてこれからも。

でもこの頃は、自分の命よりもお金のほうが大事だって、勘違いしてる奴がたくさんいた。

賢明なるこの本の読者であれば
『それは言ってるだけ、それはちがう』絶対の自信を持って言うでしょう。

でもまぁー六本木は、そのおかげで綺麗になってったよ。

ダンスフロアーだって、ニューオープンするところは、最新のオーディオシステムと、テクノロジーの最先端を自負するメーカーが提供するライティングシステムを備えるようになった。

レーザー光線なんかを、ふんだんに使うものが各ダンスフロアーを席巻し始めた。

『それを初めて観たのは、まだDJをやる前に、渋谷のレイラってダンスフロアーで観たのが、最初だったな』

キレイダッタけど、あの頃から、自分のテリトリー全体にフィルターが、かかったような感覚が始まった。

言葉で伝えようとしても決して伝わることのない、例えようがない、強いて言うなら、

『スペースインベーダーというゲームで、設定されているファーストファイトをクリアーして2つめに設定されている画面に変わった。という感じかな』

新しくオープンするお店達は、途方もないスポンサーを掲げて。

その、とほうのなさに、輪を掛けたスケールの資金が、湯水のように入ってきた。

『あんまりそういう知識はないけどお店作るのって、そーんなにお金かかんの？　フーン』
翔一が、心配するまでもないことだけど
「そんなにお金かけて、いつ頃からプラスになる計算なのかな？」
いろんな種類の、似たような話を聞いても最後には
「いったい、いくらなんだ？」数字と格闘して最後には負ける。
いつも。
だから、最近はアバウトを多用して、お金の多さにいちいち労力を使わずに、受け流すことにしていた。

「久し振りに会おうよ、今、芝浦に居るのよ」しばらく連絡が途絶えていた友達から
「今、芝浦に住んでんの？　芝浦って倉庫が、いっぱいあるとこでしょう？」

「いや、今は凄いよ。もう、スペース的に六本木のキャパじゃぁもたないからね。掛けた資金を最短で取り戻すために重要なキーワードは、半端じゃなく広いスペースなんだよね。そして、そこをどうするか？そういうことさ」

「じゃあ芝浦のダンスフロアーでＤＪやってるんだ？」

「いや、ダンスフロアーはないんだ」

「なにそれ、どう言うこと？」

「空間プロデューサーって人がさぁ」

なんか最近は、変わったものを意識する機会が多い。

でも、その手の話を聞いてもそのたびに、自分が覚めていくのを感じるようになってきた。

「意味や目的は、別に無いけど、金は持ってるよ」

六本木は、そんな奴であふれてきた。そんで、そいつらの落とす金が一見、無尽蔵に思えたりするほど一瞬で動くお金の量と、そのスピード。そして、そのパワー。

考えにはのぼらないほどの、不可能を可能にしてしまったその事実で、人は危険に対するバリアーを失い。本来持っている自分を守る能力、その能力を失った状態でお金を守ったり、増やしたりするようになってしまった。

たしかにそんな感じの、このバブル時代。

セットリスト№.4（第四章）

25　Open Sesami - Dazz Band

「キューが、閉まるってよ」

このことを聞かされたのは、片山からだった。

片山は、翔一よりも前にキューで、ハウスDJをしていたから、上層部の人間との繋がりをもっていた。

「そう」翔一は、この話題にそう答えただけだった。

彼が、もうひとつ用意していたニュースは
「場所はね、赤坂・∞（ムゲン）があったとこ」翔一は、相槌を打ってはいるが∞がどの場所にあったのかよく知らない
『∞』なら新宿のほうへ、中坊の頃に何度か行ったことがある。

「どのへんのジャンルでやるの？」

「それがさぁまあ、しょうがないって言えばしょうがないことなんだろうけどオーナーからは、ウケる曲は全部のジャンルかけてくれって言われてるんだ」

彼は、新しく出来たお店にチーフDJとして、入ることになったらしい。

「そっかぁ、箱は広いの？」

「まぁ、∞の頃は多分、店のセンターに吹き抜けがあって、B1とB2にスペースがあったって感じかなぁ、上の階の手すりに乗り出すと、下で踊ってる奴らが見えるってやつ？　でもね、リンククラブは、地上

1階部分の天井から地下2階のダンスフロアーの床まで、レーザー光線が、おりるようになってるんだよ」片山は、もう翔一が尋ねたことなど忘れて興奮しながら話してる。

「まぁ確かに、なんだか、日本ディスコ発祥の地。みたいな認識がある赤坂・∞の後の店、そこのチーフDJなら、自分がなんか偉くなっちゃったような感覚を覚えるのも無理はないけど」

「でもさぁ片ちゃん、ソウルブラックとヒップホップ以外のところは、どうすんの?」

「ユーロビートとハウスのスペシャリストも引っ張ってきたから、ワンパート交代でって感じかな」片山の言葉に驚いて、翔一は言った。

「エーッ、ワンパートごとって2時間前は、ユーロの早いやつが流れてて、今度は重たーいラップでって感じ? 体の具合、悪くなったりしない?」

「自分のパートが終わったら、大体出かけてる」無責任っぽい感じがする片山の言葉。

その言葉から翔一は今までなんだか解らずにいたなにかが、すこし見えたような感じがした。

「なぁキューーが、閉まるって話聞いた?」DJブースに、並んで立っている山崎に言った。

翔一のパートの終わり際、お店の温度が一番高いときに彼はその話題を口にした。

何故って? それは、口に出したら絶対に走ってしまうあの背中の冷たさに、全ての体温を、奪われてしまう可能性を鼻で笑うことが出来なかったからかも。

「本当ッスか、いつですか?」

「一応、今年いっぱい、かな? 早くなるかもしんないよね」ため息まじりに翔一が言った。

「キューーは、しばらく前からギゼ・グループ傘下ですよねマハラジャと一緒の」

「イントゥザナーイト　オーオ　ギミアップ　オーオオオ」翔一が、今かけているレコードのビートにのせて歌った。

「残念ですね。今ある中では、一番古くからある老舗でしたからね」

「俺が、ＤＪブースから初めて見たダンスフロアーはキューだったんだよ」

翔一は、言った。

「カルチャーショック、ありました?」山崎は、選曲そっちのけで話に乗ってきた。

「ないわけないいだろ、反対側から見ただけであんなにショックを受けたことは、今まで生きてて一度も無いね。ターンテーブルが目の前にある生活はズーっとしていたし、音をある程度扱えるようになってからでも、あそこまで凄いパワーのある影響力ってやつには、出会うことは出来なかったよ。ただのお客さんで行ってた頃、どうやって今みたいな音を出すんだろ?　で、帰って自分のターンテーブルで練習だろ」

「そうでしたそうでした」ターンテーブルからレコードをはずしながら山崎が言う。

「でもさぁ、音のことはわかるよ、スピーカーから出てるのだけだから。店の中にいる奴は全員、もちろんＤＪも同じモノを聞いているからな」

ＤＪの仕事で重要な部分は、大きく分けて２つある。

選曲の他にもう1つ、ライティング・オペレーション。

お客さんの立場では、絶対に理解することは出来ない表現を光で作り出す。

ダンスフロアーをふくめて、全ての視覚的部分を光でコントロールすることが出来る。

そのアイテムの力は、ダンスフロアーで目をつぶった人間にさえ視覚的影響を与える程のもの。

今まで自分がダンスフロアーで、経験してきた気持ちのいい瞬間は、すべてが、ＤＪによってプレゼントされていたのか。

そう認識したときに全てが見えたような気がしたのは、確かに覚えている。

しだいにライティング・オペレーション・テクニックが増えてくうちに、あのときに見えたような気がしたなにかを、実際に表現することが出来た。

作られた空間の中にいるというのと、その空間を作りだす作業。

その違いはまさに、エキサイティングなものだった。

「じゃぁ、翔ちゃんに、この店の箱任せるから少しばっか、きつくてもガンバってね。お店から出るギャラは全部翔ちゃんが管理してね。この箱、My Pointsは、チーフＤＪが、ほしいって言ってるけど、場所が外れてるぶんプレッシャーも少ないだろうから思う存分選曲の勉強をしなよ」

今もNULLSにいる及川という名のＤＪから受け取ったプレゼントは、あい変わらず、自分に大きな影響を与え続けている。

２度と同じことが起り得ない空間のコントロール。音と光を駆使して。

例え、オーナーから
「毎日、９時になったらCOOL ＆ THE GANGの『CELEBRATION』をかけろ」と言われても、それができるのはタイマーをセットした機械だけ。

自分のテリトリーの中にある全ての意識を感じて、その日のノリを１００％プラスアルファまで少しだけ強引に引っ張る。

ダンスフロアーから、スタミナ切れの奴らが、頂点の３分前によろけてエスケイプしてもタフマンたちには発狂寸前のフィニッシュを、手加減せずにブレイクする。それがＤＪの仕事。

仕事中にＤＪが、絶対に聞かない言葉があるとすれば。

音を、止めろ！だけかな？

「あれっ、水嶋さん週末にキューのゲストDJ入ってましたよねえ。パンク（仕事がなくなること）ですか?」

「うん、あそこは週1だから、月末にギャラが出てるんだけど、これからの分も、きちんと出すからどっか移るとか言わないで最後の日まで、DJ水嶋翔一に任せたよ。キューのラスト・ナイトまでさ。って言われたよ、マネージャーに」

『翔ちゃんのスタイルが、僕のお店に一番、似合ってたような気がするんだ、だから俺の店のラストディを頼むよ』って
「キューを、作ったたっつぅ人にさ」ため息が交じりながら、翔一は言った。

「その人が、初代キューのオーナーだったたんですか?」

「70歳になるのに、しょっちゅう来て踊ってるよ、腰とか足とか、悪くなんないですか?って訊いたことあるけど毎日踊ってるからへイキーって、言ってたゼ」

「そういうふうに、言ってたんですか?」

「そうだよ『毎日踊ってるから』って言いながらロボットダンスやって『へイキー』って叫びながら、ウエービングしてたよ」

「うまかったスか70歳、キューの元オーナーのダンスは?」

「うまいなんてもんじゃねぇよ、並みの年寄りじゃないよね、ちょっと不気味だけど。70まで生きられるんだったら、俺もあの人みたく健康な状態で生きたいよ、ホントに」

「キューが、なくなったら次の日から、どこで踊るんでしょうね」

「山、いきなり悲しくなること言うなよ。どっかあんだろ」

今一瞬、体の周りにあった空気から、湿気がなくなってヒヤッとした。

3行前に山崎が、言った言葉のせいだ。

26　S・O・S – Dee D Jackson

DJブースに居た翔一に、電話が入った。新二からだった。

「翔ちゃん、悪いんだけど今すぐ『ケンタス』まで来てくれないスか」新二の声のトーンから、なにか重大さを感じ取った。

「ちょっと、出てくる」山崎に言った。

「どちらへですか？」

「そうだな、今の段階ではきいておかないほうが、いいかも」

ケンタスは、翔一のお店から歩いて2、3分の場所にあるライブハウス。

彼は、ビルの階段を静かな駆け足で、上っていった。用心のために。

『新二は何も言ってなかったけどきっと、ろくでもないことだ』と決め付けていた。

すでに閉まっている店の鉄板ドアを、鋭角に曲げた右手の中指でコンと、いうよりはカンに近い響きの少ないテクニックを使ってノックする。2回は叩かない。

営業が終了しているお店、鉄板製のドアにはロックが貫通している。

ちょっと離れたところからでも、それは見える。

内側から、ロックを外す音がしてドアが開くと新二の姿を確認することが出来た。

少しホッとして、新二に声をかけた。

「どうした」『の？』の発音は、かすれた。

すぐに、だいたいの状況が見えたからだ

このケンタスには、マネージャーをしている西谷という男がいる。

その男と新二と翔一は、同じ小学校を卒業した。

いわゆる先輩・後輩の関係だ。

西谷はアルミ製の脚立の上に乗り、天井に備え付けてある電気配線の点検口に、上半身をつっこみ、ハンディライトで天井裏を照らしながら、

「誰かいるのか！　おいっ、このやろう、わかってるんだからな」と、怒鳴っている。

翔一が新二に視線を戻すと彼は困ったような表情をうかべて、翔一の視線をうけとめた
新二が、口を開こうとしないから、近くにあったテーブルに視線をやると、そこには、インジェクション（注射器）とスプーン（Sを水で溶かすときに使う）、それにSの入ったパッケージが、無造作に置かれていた。

それを見て翔一は
「何発イレ（何回注射したか）たの？」と訊いた。

「1回、やっただけなんだけど、量が」

「多かったの？」

「久々に西谷君のやるとこ見てたんだけど、前に見たときの倍以上入れてるんで『大丈夫ですか？先輩』って訊いたら『最近はいつもこんなもんだよ』って言ってたから大丈夫だろうと思ってたら、入れた途端あんなんなっちゃって、まいっちゃってさ、ゴメンね」

「いいよ、そんなことは」

翔一が、西谷に目を戻すと彼のテンションは、さらに上がり出している感じ。「ここよりも上にあるお店は、もう閉まってるのかな？」

「いや、確認してない」新二も、西谷に視線を向けながら言った。

すぐさま、鉄製の外扉を開いて階段に出た翔一は、音をたてず上のフロアーへ上っていった。念のため最上階まで上って行ってみたがこのビルにあるお店はもう、みんな閉まっていた。

「ふぅー」1つため息をついて、階下のケンタスに戻った。

「どうだった？」新二が、心配そうに訊く。

「大丈夫、ほかのお店はみんな閉まってる」翔一が、新二と会話をしていると、今まで1人でさわいでた西谷は、翔一がいることに気がついて
「あれっ、水嶋じゃん。なんで、ここに居るの？」片目をつぶって翔一を見ている西谷が言った。

たぶん、もう両目では焦点を合わせることが出来なくなってるようだ。

「いやぁ、西谷君元気でやってるかなぁと思って、顔を見に来たんですよ」

「なぁんだ、そうなの。はやいの（覚醒剤）あるよ、1回やってく？」

「いや、いいッスよ。まだ仕事中ですから」

翔一が、会話の流れのなか西谷の目を見たとき、瞳が、異様に黒く見えた。薬の効果で、瞳孔が広がっているためだろう。

西谷は、少し会話をしたせいか次第に、落ち着きを取り戻してきたように思えた。

「今夜は、なるべく西谷君と一緒にいて家から出さないようにしたほうがいいよ。さっきの状態で表にいたら絶対に職質（警察官が、不審な人物だと判断したときにする。職務質問の略語）くらうよ」

「うん、わかってる」

「じゃぁ俺は、まだMy Pointsにいるからね」

「了解」

少し心配だったけれど、翔一は自分のお店に戻った。

27　Disco Nights – GQ

六本木でも、老舗中の老舗ディスコQUE。最近は、ダンスフロアーのことをDISCOとは呼ばずに、CLUBと呼ぶのがハヤリらしいが、

「キュー」は、誰がなんと言おうと、DISCOだった。

最後のDISCO「キュー」のファイナルナイトは、意外と早くやってきてしまった。

「キュー」を中心に流れ去った15年という時間はここを訪れたゲスト達が、それぞれの形で、その胸にメモリしていることだろう。

「キュー」のファイナルデイは、そんな思いを持つ人間たちによって、フロアーの全てがうめつくされていた。

もう、とっくにダンスフロアーから退いた元現役から。現在、現役バリバリまで。

「キュー」のキャパでは、到底まかないきれないほどの賑わいが
　今夜のここにはある。

年も違う、共通点なんかなにも無さそうに見えるけど。

ここにいる大勢の人間たちは「キュー」のファイナルデイを見届けたい。

その思いを持って、集まってきた人々。

今夜、ＱＵＥに存在する全てのゲストには、特別なダンスフロアーが用意されている。

夜が明けてしまったらもう、この六本木には
　存在しないダンスフロアー。

ＤＪブースの中にも、懐かしい顔ぶれが揃ってきた。

今や、語り草になっている伝説的なＤＪ達も、スペシャルゲストとして現役当時の選曲を再現している。

ダンスフロアーは、人でいっぱい。

　LAST QUES NIGHT。

アンコールは、有り得ない。

ステップにハマル奴らは、ダンスフロアーに、入れ代わりたち代わり。

そのうち、こらえ切れなくなって全ての場所がダンスフロアーになり、ビル全体にステップ・ビートが伝わりだす。

翔一は、現役を退いたＤＪ達のためにヘルパーをやりながら、ブースからフロアーに視線を向けてみた。

キューの名物、レイン・ライトに照らし出されるゲスト達の頬に、キラキラと光るものを見つけた。


ファイナルナイトは結局、日比谷線始発の時間を過ぎても終わらなかった。

ダンスフロアーでは、知らないもの同士が、何度も集まって白いフラッシュの光をあびていた。

翔一も「ぜひ」と、ゲストに呼ばれ何枚もの写真におさまって、六本木『QUE』のファイナル・ナイトは終わった。


彼は、昨夜の興奮と感動、それに寂しさも入り交じった不思議な感覚を体に残したまま、昨夜までキューが存在したビルの階段を、レコードの入った箱を抱えながら下りていった。

ステップを下りきってうつむき加減だった顔を正面に向けると、ガードレールに座った香子がいた。

「おつかれさま」そう言いながら彼女は、翔一と並んで歩き出す。

「My Pointsに、居たの?」彼が、疲れをともなった声で訊く。

「うん、山崎さんがね『今夜はキューのファイナル』だって教えてくれたの、だから、翔ちゃんもいそがしいだろうと思ってずっと向こうにいたの」

「そっか」

六本木から部屋に戻っても、昨夜の興奮が残っているのか、しばらくは、眠ることが出来なかった。

28 Swept Away - Diana Ross

ソウルジャンルを、選曲する老舗『キュー』が、惜しまれつつクローズしてから、約1ヵ月経った頃。

翔一はMy Pointsの、マネージャーオフィスにいた。

マネージャーの井村は、この店My Pointsがクローズするということを、チーフDJである翔一に、告げていた。

『とうとう、きたか』彼はただ、そう思っただけ。

周囲ではバッタバタと、古くからあったダンスフロアーがクローズに追い込まれていった。

1つのビル、全てのフロアーがダンスフロアーだった六本木クエストビルも、今やカラオケボックスビルに、変わっていた。

マネージャーからの話が終わって、ブースに戻った翔一は、サブDJの山崎に言った。

「今月いっぱいで、このマイポインツも、クローズするってよ。山は、どうする? このままDJを続けていくんなら、誰かに話を通してあげるけど」

「いいえ僕は、水嶋さんのサブで3年も勉強させてもらいましたし、前は、いろいろ身につけたものを『メジャーなお店で試したい』って気持ちも正直言ってありましたけど現状では、ここなら、ってところも見当たらないんで、なんとなく違った方向を向いてみようと思います。翔一君はどうするんですか？」

「うん、俺も六本木でＤＪをやってた経験を活かしてける方向を見つけてみようかな。と、漠然と考えているよ」

「そうッスか。でも翔一君、僕はMy Pointsという共通点がなくなっても、水嶋さんと、これからも付き合っていきたいと思ってます」山崎が言った。

「それは、ぜんぜんＯＫだよ。いつでも連絡くれればいいよ。どんなことでも。君は、俺の1番弟子だからね」

「僕が、ここに入った頃は師匠って呼んでましたよね」と、山崎が言ってそれきり、２人は黙ってしまった。

ＤＪとして、毎日通った六本木。来月からは週に2日だけ、来ればいい。

「しばらく経って気がつくと、主だったお店は、みんななくなちゃったのねえ、やっぱり、外で遊ぶ人が減ったのかしらね」香子が、一人言のように言った。

六本木で、遊ぶ人間の数が減った。という意見は正しい。

でも、どうしてそうなっているのか？について は、色々と答えがあるだろう。いわゆるバブルと呼ばれた好景気はその名の通り、意味を持たないまま、そしてあまりにも大きく膨らみすぎたために、歪みをともなった揺り返しが起こり、深刻な影響を日本社会全体に落とし始めている。

ということも、１つの要因。

それ以外に翔一は、こんな意見を持っている。

日本人は、本来珍しい物好きであり、また、飽きっぽい面も重ねて持っている。

DISCO・DANCEが、ブームとして日本に渡ってきたのは、映画『サタデー・ナイト・フィーバー』くらいからだろう。あれから20年以上が経ち、飽きっぽい日本人のブームとしては、珍しく長いほうだったということ。

しかし、ダンスについて言うと少し違った意見になる。

まずダンスに飽きたのか？　DISCOという空間に、飽きがきたのか？

新旧の交代はあったがCLUBと、呼ばれるダンスフロアーは、新しい形として今も存続している。

翔一は、こう思う。

飽きる飽きないという意識を持つもの、それは今風に言うとソフトで、踊るという行為は、歩くことや走ることと同じくハードな部分なのだ。

飽きたら、やらなくてもいいことと、飽きても生きていくためにはやらなきゃならないこと、その違い。

「だから1度、ぜーんぶ壊れて、何もない状態になってそこから、新しくて、今までのモノよりもきっと素敵な何かに、なればいい」

そんな、期待感を持っている。

彼は、ＤＪとしての職場が減ってしまうことに対して、不安やあせりは全く感じていない。

『今まで、ＤＪのギャランティーだけで生きてきたわけじゃないしね』

マイポインツが、クローズしてしまうと、彼の生活は、ガラッと変わった。

六本木で、１つだけ残った彼のジョブプレイス（仕事場）。

『ダーティ・デライト』は、ウイークエンドの２日間を担当することになった。

だから、今は週休５日ということ。

体の空いてる日は、昼間から買い物に出かけたり部屋にあるターンテーブルで、リミックスを作ったり。

香子さんと出かけたり。

今まで3年以上、夜ばかり働いていた。

暗い夜に眠り、明るい朝に目覚める。これが、マトモな生活なのかなぁと、思ったりしていた。

29　Creep – TLC

新二から、連絡が入ったのはそんな、ある日の午後だった。

「翔ちゃん、今近くから電話してるんだけど今から、行ってもいい？」

「いいよ」と、翔一は答えた。

玄関のドアロックを、外しておこうと思ってドアに向かったとき、コンコンと、ドアがノックされた。

あわてて開けると、新二が立っていた。

『どうも様子が、変だなぁ』翔一は、そう思った。

2人は、玄関から部屋に移って腰を降ろし、しばらくして新二が話をきり出した。

「実は何日か前の晩、例の西谷君が車で事故ってさぁ、それが、俺のところから20万円分のSを持って帰る途中だったんだ。普通にしていれば、なにも問題なかったんだろうけど、どっか途中で体に入れたらしくてね。案の定、こないだのときみたいにテンパっちゃって、Sも警察に見つかったらしくて、そのまま現行犯で逮捕されたらしいんだよ」

新二の話を、黙って聞いてた翔一は
「はぁ」と小さい、ため息をついて
「そう、で、自分の部屋にあるヤバイものは全部、処分してきたの？」

「うん、それは完璧にやってきた。問題はない」

「それで新二、自分の体には？」翔一が訊くと
「2日前に、煙で少し」

「そっか、それが一番問題だな。まず、体から抜かなくっちゃね、サウナ（風呂）にでも行って、かけるだけ汗かいてとどめに、点滴屋だな」

そう言いながら翔一は、出かける用意を急いだ。

「悪いね、翔ちゃん」

「いいって、しょうがないよ、この商売やってれば、必ずあることだよ」

『新二は、少しなんて言ってるけど、薬が抜けるのには個人差もあるし、完璧に抜かなきゃ、意味がないからな』

翔一は、サウナでアルコールを飲むことを想定してタクシーを拾って移動した。

こんな状況になったとき、入るだけ水分を体に入れて、汗と尿にかえて、薬気を絞るように出す。できることと言えば、これくらいしかない。

2人はサウナに入り、備え付けてあるレストルームでビールを注文した。

アルコールを一切口にしない新二には辛いかもしれないけど、しょうがない。

当事者である新二は、飲めないビールを必死になって流し込みながらサウナとトイレと、翔一の隣の席を移動し続けた。

しばらくそのサイクルを、繰り返していた新二が「ふうー」と、大きなため息をつきながら、ソファに腰を下ろした。

「まだまだ、だろうね」少し疲れた声で、言った。

「まぁ、気休め程度のものだからね、しばらくは体（身柄）も、かわしたほうがいいね、そうだ、ついでにゆっくり温泉にでも、つかりに行ってこようか」急遽その夜、2人は翔一のフィアットで箱根に向かった。

香子には、込み入った事情とだけ説明しておいた。

新二は箱根の宿から、実家と自分の部屋に毎日、数時間おきに連絡を入れ続けた。

芝公園にある新二の部屋は「特に、変わりはない」ということだったが、実家のほうにはそれらしい連絡が入っている気配があるようだった。

「うーん、なんとも言えないけどまだ、逮捕状は出てないみたいだね。薬関係は、札（逮捕状）が出るときに、ガサ状（家宅捜査礼状）も一緒に出るはずだからね」

「でも、警察からの連絡じゃあ『泊まりの用意もしてこいって』言ってるらしいんだよ」

「あっ、そうなの。じゃあ、やっぱり逮捕されるね、間違いなく。がんばってつっぱるしかないよ、22日間（通常、逮捕されてから48時間つまり2日間は、警察官主導の捜査があり、その後には10日間×2の検事拘留がある。2つを足して22日間）。この温泉にいる期間のことも、証拠隠滅のために行方不明になってると、警察は見るだろうから追及が厳しくなるのは覚悟しないと」翔一は、現時点で出来うる判断を的確に口にした。

「そんなに脅かさないでよ」

「脅かしてるわけじゃないって、マジで軽く考えてると3週間も、つっぱりきれないよ」

本当は箱根で、もっと長い時間を費やす予定でいたのだが情報収集の結果を考えてみると、「なるべく早く、出頭することが肝心だ」という意見で一致した。

そのため、4日間で箱根をきり上げて点滴屋に、直行した。

点滴屋というのは、昼間に開いてるときはどこにでもある個人病院だが、特別な人を介して連絡を入れると診療時間外に、麻薬除去用の点滴を処方してくれるという便利な場所。

『最近は、いろいろな業種があるもんだ』と、感心する。

用心のために6時間ごと、2回点滴してもらい、ついでに検査もしてもらって。

「OK」が、出たところで新二を警察署まで送っていった。

「いろんなことに、気をつけてがんばってね」翔一が、新二に声をかけた。

「うん」新二はそう答えて、ガラスドアの向こう側にとけていった。

30 Ooh Baby Baby – Zapp

「最近、赤坂に新しくできたダンスフロアーに、顔を出そうかなと思うんだけど、香子ちゃん今夜、時間ある？」翔一が言うと

「なくてもつくるわよ」玄関でパンプスに足を入れながら、香子は言った。

「OK、じゃ決まりだね」待ち合わせの時間は、夕方の6時半にした。

赤坂見付に、新しくオープンしたリンククラブはその昔、赤坂・∞（ムゲン）のあった場所にある。

エントランスにそびえているドアは、3メートル近く高さのあるもので、初めて見たなら『体育館みたい』そう思うに違いない。

その大きなドアをくぐり、右手にもう1つあるドアを抜けると、エントランス・フロアーに入る。

左側には、DJブースがあってブースの向こう側に、地上1階から地下2階まで、直線的に下りている長い長い階段がある。馴れていないと、怖さを感じるといった印象だ。

『こんなところで、足でも踏み外したら大変なことになるな。だけど、DJブースからの眺めは最高だろうな』

だいたい、こんなにも高さのある空間を使ったダンスフロアーなんか、今まで、見たことがない。

『DJブースは、ダンスフロアーの1番近くにあるもの』という時代が終わったのかなぁ、とも思ったけれど片山の言っていた

『レーザーを使った。ものすごいライティングがあるんだ』と、言う言葉を思い出して。

『それとの兼ね合いも、あるんだろうな』と想像していた。

スタッフにエスコートされて、長い階段を無事に下りた2人は

「すごいねぇ」同じ感想を持っていた。

実際、すごい空間の使い方だ。

『間違いなく、日本一の吹き抜けだろうな（いい、わるいは別として）』ゲストが心配することもないだろうけど、この容積に対しての集客率はいったい、どのくらいの数字になるのか？ どう考えても、解らなかった。

しかし、一通りの時間を、ダンスフロアーで過ごしてみると解ることがある。

吹き抜けているこの空間は、ライティングが、レーザー光線のみであることを考えれば、ベストマッチなのかもしれない。

光線は、真っ直ぐにしか走らないということか。

片山の言った通り、リンククラブのライティングは1度、見てみる価値がある。

翔一は、13歳からダンスフロアーへ顔を出すようになったけれど、ここにあるそれは、過去にあったもの

とは、全くの別物。

例えて言えば、アナログとデジタルほどの違いって言えば解りやすいかな?

レーザーが入っていたダンスフロアーは、いくつか知ってるけど、他で見たものの多くは、せいぜい4、5本の光線を放つだけ。

あとは、ところどころに配置された鏡に、反射させて軌道を変える。

というくらいのものしか見たことはなかったが。

ここにあるそれは、そんな安っぽいものとは次元が違う。

光線自体の本数は想像を遥かに超え
『無数に思えるほどの光線を駆使して、可能な表現イメージは無限に広がってくんだろうなぁ』という翔一の感想。

それが、安易に想像できる程のシステムが、このお店には備えられていた。

うらやましい。と言えば、言えなくもないけど。

今の彼にとっては、ここへ来て見ることができれば充分、という気分にしかならなかった。

ダンスフロアーで、無数に浮かび上がるレーザー光線の攻撃を、体に受けながらのダンスは、まだ人が気付いていない新しい感覚の扉をこじ開けるのに充分なパワーを持つものだ。

それは、このダンスフロアーで踊りながらでないと、理解できない種類の感覚。

フロアーの外から眺めてるだけでは、理解することは難しいだろう。

いつものように、心地良い疲労感がその体を包むまで、2人は、ダンスフロアーで動き続け、やがてどちらからともなく……今夜は香子から。

「そろそろ帰ろうか？」耳もとで呟く。

2人のどちらかが、こう言ったら、その言葉を聞いた側は、よほどのことがないかぎり『待った』は、言わないことにしている。

「そうだね、友達のDJに挨拶したら帰ろう」このところヒマを持て余し気味なのは、翔一のほう。

彼女の限界点に、従うのが役割になっている。

下りるときには、その高さに驚いた階段も上るときには、何も感じることはなかったが、その階段の長さには息がきれた。

香子は昼間、自分の仕事をしてきた分、階段では、翔一の腕にぶら下がっていた。

『エスカレーターが、ついてればいいのに』どっからともなく、そんな意見が聞こえてきそうなヘビーステップを上りきり、DJブースで仕事中の片山を見つけた。

翔一は香子の手を握ったまま、ブースに居る片山に声をかけた。

片山に、来ていたことを告げて帰るつもりだったのだが
「ちょっと待ってよ水嶋君、これから俺、休憩に入るから、お茶でも付き合ってよ」そう言いながら、彼は、DJブースからフロアーへ出てきた。

今の翔一には、おっきな声で話すことが出来ない部分でつながりを持っている人間と、香子の居る前で、会いたくないという気持ちがある。

一緒に居る時間が、増えたからなおさら。

本当は上手く断りたかったのだが、こんな展開になることを予想していなかった。

片山が、2人を誘ったお茶は赤坂見附駅前にあるパティスリーコーナーで、オーダーすることにした。

『上手く断る理由を、先に考えておかなかったのはミスだったが、奴も、いきなりヤバイ話を切り出すようなことはないだろう』

少し前までは六本木が仕事場で、お店を訪ねれば、お互いにいつでも、どんな話でも出来る環境だった。でも、今は週末の金曜と土曜日にゲストＤＪとして、お店に行く日だけが前みたく簡単に、友達と顔を合わすことのできる貴重な時間になってしまった。

翔一は、この片山だけではなく他の仲間ともしばらく、話をしていないことに気がついた。

『大丈夫だろ』と、翔一が思った通り片山はドラッグの『ド』の字も口にすることはなかった。

テーブルに置かれたカップの中が、そろそろ空になろうとする頃に
「ねぇ、お土産にここのケーキ買って帰ろうよ。香子ちゃん先に行って選んどいて」

香子は、疲労感を少しも見せず、機嫌よくケーキケースへ向かった。

そして、片山に
「話があるなら、簡単にね」と言うと
「さすがだね、クサを２００グラムとSを５つ欲しいんだけど」

「現金は?」

「明日中に揃うと思う」

「OK、明日持ってくる。赤坂でいいの?」

「うん、リンクでいい。外から1度、連絡を入れてください、ここに」と、言って、片山は、名刺を差し出した。それを受け取った翔一は、席を立ちケーキを選んでいる香子のそばへ行って、

「おいしそうなの、あった?」と訊く。

「たくさんあって、目移りしちゃうの」

「今、いくつ選んだの？」

「3つずつ」

「全部で6つ？　もう、いいでしょう」翔一は、笑いながら言って代金を払った。

「そんな1度に買わなくたって、川崎にもパティスリーコーナーあるからさ」

「もう、お話終わったの？」と、訊く香子に
「終わったよ。さあ、帰ろうか」微笑みながら、言った。

31　Who Me? - The Freshmen

今、相棒の新二は警察に拘留されていて娑婆（通常の人間社会のこと）に居ない、だが他に取引できる場所が、ないわけじゃない。が、その場合、翔一が直接その筋の者（ヤクザ）と、取引をしなければいけないため、頼まれたものだけを、引き受けるようにしていた。

当然のことながら、たまーに取引をするだけの客に対して、ヤツらはやさしくはない。

引き値は、当然高額になる。だが、定着しているルートを『潰す』わけにはいかない。

彼は、川崎を中心に勢力を持つ、ある団体の組員と会い取引をした。

『まあ、しょうがないよね』翔一は、引き値の額にも一応、納得した。

いったん部屋に戻った翔一は、念のため今夜片山に渡す品物のパッケージを交換する。手袋をして指紋をつけないように気を配りながら中身を移し替えた。アルミホイルを長めに切り、2種類の品物を一緒にくるむ。

それを、部屋にあった布袋の中に入れた。

『これで指紋は絶対に、出ないな』念には念を入れた。

仕事から帰った香子と、夕食をとったあと
「ちょっと用事で、出かけてくる3時間で戻ってくるよ」

布袋を持って彼は、部屋を出た。

外はすっかり日が暮れて時計を見れば、もう8時になっていた。

赤坂についた彼は、昨日渡された名刺のナンバーをコールして片山を呼んだ。

「もしもし、水嶋だけど今、店の前にいるから出てきて」

「わかった」と言って、電話は切れた。

すぐに、お店から片山が出てきた。

翔一のそばまでくると、片山は小声で、

「水嶋君、悪いんだけどSの分、5万がまだ集まらないんだ。残りは、明日にしてもらえるかな？」

このぐらいのことは、よくあることだから
「うんいいよ、じゃ明日取りに来るよ」そう言った。すると
「銀行の口座に、振り込んでもいいよ」片山が言う。

「いいよ、取りに来るよ」翔一は、断った。

なぜなら、銀行口座を使っての取引が一番証拠に残りやすい、ということを翔一はよく知っているからだ。

『まあ、面倒臭いけどしょうがないね』と思いながら真っ直ぐ川崎に帰った。

次の日、約束していた赤坂へ、昨日の夜とほぼ同じ時間についた翔一は、お店の裏側に車を止め、赤坂見付け通りの公衆電話からコールすることにした。店のエントランスを見ながら。

コールしている電話ボックスからの視線の先の大きなドアが、開け放たれていることに違和感を感じた。

よく見れば、ネオンサインもついていない。

状態の不自然さを認めた翔一は、店から視線をそらしたままコールした。

呼び出しコールが、5回、6回。

『ヤッパおかしい、6回も呼ぶことなど普通ではあり得ない』

やがて、相手が電話を取った。

その声に、少しこわばりがあることを彼は、すぐに察知した。

「今夜は、何時までやってますか?」とっさに、言葉を変えた。

「本日は、営業致しておりません。またのご来店をお待ち申し上げます」とだけ言って、切れた。

『まいったなぁ、やばいなこれは』

電話は切れているが、まだ受話器を持ったままお店の入り口に視線を向けていると、開け放たれた店のドアから出てきた男が、周囲に鋭い目配りをしている姿を横目で確認した。

もちろん、体は別方向に向けて身振り手振りをしながら、電話中であることを装って。

車に戻り、この不自然な状況を完全に把握する手掛かりを得るため、六本木へ向かった。

外苑東通りの端に、スペースを見つけ素早くフィアットを止めた。

片山が入っていたラズィールに、まず顔を出した。

ＤＪブースには、運よく知っている顔のＤＪがいた。

彼は、そのＤＪから片山の自宅連絡先を聞くことができた。

「僕がきのう、連絡したときは居たんですけど今日は全然、連絡が取れないんですよ。困ってるんですけどね」

何のために昨夜から連絡をしているかについて彼は、何もしゃべらなかった。

もちろん翔一も、余計なことは一切口にしない。

翔一は、ラズィールを出て一応、電話をしてみた。

留守番電話には、メッセージが入り切らなくなっているほど、外部から電話が入っている。

その様子が、確認できただけだった。

それらを考え合わせて、翔一は
『間違いなく、パク（逮捕）られたなぁ』そう判断した。

32 Escape – Whodini

香子は、自分の部屋のキーを翔一に手渡した。

「サンキュー」そう言って翔一は、キーを受け取った。

彼は、仕事へ向かう香子と一緒に、部屋を出て電気屋にいき、性能の良さそうな留守番電話を、1つ選んで買った。

そして彼は、細心の注意をはらいながら自分の部屋に戻る。

昨日まで普通に過ごしていた部屋に戻れば、中は昨日と全く同じ。

あるべきものは、きちんとその場所にあった。何も、変わったことはないみたい。

そして彼は、部屋の中を徹底的に掃除する。

ヤバイものだけは、この場所からひとかけらも見つからないように、すみずみまで。

部屋の中に残っていたゴミも、1つの袋にまとめた。

さらに、当面必要になるものだけをバックに詰め込み、まとめたごみ袋も一緒に持って、部屋を出た。

「しばらくは、帰ってこれないな」彼は、そう呟きながらエレベーターに乗った。

1階に下りると、ちょうどゴミの収集車が来た。というよりも、その時間を見計らって、彼は部屋を出ていた。

収集車に近づき、自分の手に持っていたゴミの袋を作業員に手渡し、その袋が収集専用車の後部に投げ入れられ、視界から消えるまでを見送った。

『よし、ＯＫだな』彼は、収集車を見送った後、その場でタクシーを止め、運転手に行く先を告げた。

朝、香子から渡されたキーを使って部屋のドアを開け、運んできた荷物とともに部屋に入る。

「ふうー」

緊張感を伴う作業を、すべて終えた翔一は、ひとつため息をついた。

『たとえ警察が、もの凄い情報網を持っていたとしても、俺がここにいるということを掴むことはできないだろう』

翔一と香子が、付きあっていることを知っているのは、六本木に2、3人いるだけ。

翔一は、朝一番で買い求めた留守番電話のマニュアルを、バッグから取り出してページをめくり始めた。

彼はしばらく無言のまま、説明書に集中していたが
「ふーんこんなことまで出来るのかぁー」とつぶやいた。

電話機はすでに、自分の部屋にセットしてきてある。

香子の部屋の電話から、自分の部屋の電話へコールしてみた。

いつもなら自分がとるはずのコールは誰もいない部屋で、寂しく鳴っていることだろう。

説明書を読んだ手順で、留守中に着信された記録を呼び出してみる。

しばらく受話器に耳を、押し付けていたが受話器を戻した。

「まだ、何も入ってないなぁ」と、つぶやいた。

翔一は、頭の後ろで両手を組み部屋の真ん中で、寝転がった。

『あいつの状況は今、どうなっているんだろうなぁ、どこまで本当のことを言ってしまうのだろうか?』

彼が今、思いをめぐらせているのは、おそらく逮捕されただろう片山のこと。片山次第で翔一の身も、まずいことになる。

こんな状況に陥ったとき、だれしもが考えること。

希望としては、片山の口から水嶋という名前が、一切出ないこと。

これが、一番なはず。

だがこの状況では、片山本人にそれを伝えることはできない。

彼に出来ることは、ただ時間が過ぎていくのを待つということがひとつ、あるだけだった。

しかし、時間が過ぎるのを待つだけしかない状態であっても、思考回路だけはフル回転させていた。

『片山に、品物を渡したあの夜から今日で、3日目。もし警察にパクられてるとすれば戻ってこれる場合でも早くて、3か月ぐらいはかかるだろうな』

別のセンも考えられないことはないが、確率が一番高いのはたぶん、彼が、想像しているパターンだろう。

『あの夜、俺がやつに渡したモノは、手元に残っていたはずだ』

量の多い少ないは、判断のしようがない。

しかし、あったのか?　なかったのか?　だったら、高い確率で当てることができる。

『あった。の方だろうなぁ正解は。しかも、両方とも持っていただろう、だとすると起訴は間違いないなぁ』

たった1人しかいない部屋の中で
『取引のとき、神経質になってモノを扱っておいてよかった』翔一は思った。

『新二の次は、やつ（片山）か、おれはどうかな？』

新二のことを思い出したついでに、あいつの部屋に電話してみた。

部屋の電話をとったのは、新二の彼女だった。

「あの、水嶋ですけど」そう言うと
「あらっ、久しぶりねェ。新二？いないわよ、知ってるでしょう」

「ええ、その後どうかなと思って」翔一が言うと
「どうもこうもないわよ、あの人、薬のことなんか、全然知らないって、ツッパってるらしいから、接見なんとかっていうのがついててね、誰が面会に行っても会わせてくれないって、新二のお母さんが言ってたわ」

「そうスか、あと何日残してましたっけ？」

「拘留のこと？　うーんとね、９日かなぁ」

「すぐですね、そしたらまた電話します」と言って、電話を切った。

『こっちも頑張らないとな、新二と交代で今度はオレなんて洒落んなんないからなぁ』

とにかく、あと20日前後をしのげばいろいろなところから、情報が入ってくるだろう。

片山が警察の取り調べで何を言ったのか？　言わなかったのか？

33　You Talk Too Much – RUN D.M.C.

問題点は1つだけ。

六本木のＤＪ連中は、もしものとき、

『自分の店のお客から、譲ってもらった。相手は外国人だった』と言い張るというのが、ＤＪの世界では暗黙の了解になっている。

まあ、よほどの世間知らずでもない限り、本当のことなんか誰も言わない。

もし、全てを正直に言ったとしても扱いが丁寧になったり、罪が少しでも軽くなったりするようなことは、絶対にないと言い切れる。

警察の担当者は、あらゆる言葉を使い、うまーく正直なところを暴きだそうとする。

うっかり口を、滑らしてしまったら。

自分の周りの人間に、とてつもない迷惑が及んでしまう。

『誰が、言ったのか？』と、いうことはどういう訳か、しばらくすると、正確な情報が伝わってくる。

つい、うっかり出した名前だったとしてもその相手が、被った迷惑の分。いや、それ以上の恨みが、つのるだけ。得をすることはひとつもない。

普通の人たちは警察という場所の一面しか知らない。

『あいつ等も、人間だしね。裏があって当然だろう。まぁ今回片山が俺の名前を出すことは、ないでしょう』翔一は、そう読んでいる。または、願っている。

それよりも心配なことは、やつがパクられたとき、どのぐらいの量持っていたか？

このことについては、多い少ないでかなりの違いがある。あの夜、俺が赤坂に持っていったモノが、その

まんまそっくりやられてたとしたら
『結構な量になるから、すぐに帰ってくることは厳しいかもなぁ。10や20グラムぐらいなら、何ともないけど、1発で長いペナルティになることも、十分考えられる。とにかく、部屋の留守電をこまめにチェックすることだな』

翔一が、香子の部屋に移ってから、10日が過ぎた。

彼は、毎日片山の自宅へ公衆電話から電話して、自分の部屋の留守電をチェックするという作業の他に何も、することがなかった。

その日もまたチェックのため、留守電にアクセスすると、データの中に懐かしい声が入っていた。

「もしもし、新二です。やっと出てきました。ポケットベル持ってますので、コールしてください」

翔一はそれを聞くと、すぐに録音された部分を消去するコマンドを送った。

そして、1度受話器を置いて、新二のポケットベルにコールした。

目の前の電話が、鳴り出すまで1分とかからなかった。

「もしもし」

「おー翔ちゃん？　やっと出てきたよー」

「苦労様、大変だったね。放免（無罪放免で釈放されること）、おめでとう。これからすぐに、顔出すよ」

鷲尾新二の実家は、広尾にある。

2人は、いつも行く焼肉屋『叙風苑』で、新二の無罪放免？　を、祝った。

「いやーやっぱり、あんなところは入るもんじゃないよね1回で充分だよ」

「で、どうだった？　追及のほうは」

「お前はな、限りなく黒に近い灰色なんだよ。とか言ってちゃって、ずーっとそればっかりでさぁ、しまいにゃ飽きちゃったよ。こっちは、今回の件で20万近くガミ（損をすること）食っちゃったのにさ」

「まぁ、不起訴でお咎めなしだったんだからそんなこと、忘れちゃえば」

「うーん、まあねェ」そう言って、新二はジョッキのビールを、一気に飲みほした。

新二は、逮捕以前にサウナで鍛えられてアルコールを少し飲めるようになっていた。

新しく運ばれてきたビールと、ほどよく焼けた肉を、交互に口に運んでいた動きを止めて、翔一に、顔を向けた新二が言った。

「翔ちゃんが、自分の部屋に居ないことなんか珍しいよね。なんかあったの？」

翔一は、飲んでいたジョッキをテーブルの上のコースターに置いて
「うん、六本木の片山がね、どうやらパクられた可能性が高いんだ」と言った。

「それでか、留守番電話になってるし、メッセージを入れたらすぐに返してきたってことは他の場所から留守電のチェックをしているなって思ったよ」

「さすがに、鋭い読みだね」新二の想像は、なぜかいつでも的確だ。

「それでどうなの？　翔ちゃんも絡んでるの？」

「ど真ん中だよ」そう言ってから、赤坂でのトラブルを一から順を追って話した。


その後も翔一は、自分の部屋の留守電チェックを慎重に続けていた。

彼が最も恐れる事態、その気配はまだ感じられない。

34　Just Buggin' – Whistle

その日は、思いがけない人物からのメッセージが、1件入っていた。

「六本木My Points」で、翔一のサブDJを担当していた山崎からのものだった。

『お久しぶりです。お元気ですか？　水嶋さん1件、お話ししたいことがあるので、都合の良い日を教えてください』

このメッセージに、電話番号が添えてあった。

「おー、久しぶりだなぁ山崎君、何の用かな？」

ここんところのこみいった事情のために、まったく変化のない生活を強いられてきた翔一は、懐かしい声を聞いて、気持ちが軽くなった。

そして、メッセージに添えられた電話番号をコールしてみた。

「はい、ライブマスター東京オフィスです」奇麗な声をした女性が応対した。

翔一は、聞き覚えのある会社名を意識しながら
「私、水嶋と申します。山崎さんをお願いしたいのですが」

「お待ちください」と女性が答えて、内線コールにきりかわった。

「はい、お電話代わりました」

「もしもし水嶋です。留守電聞いたよ。山崎君元気だった？」

「あぁ、どうもーお久しぶりです元気です」

「……じゃ、今晩はアルコールでもやりましょう」世間話をひと通りして、彼と会う約束をした。

リターン・ラッシュアワーが過ぎれば、山手線でも座って乗れる。

夕方、仕事を終えた香子と一緒に、原宿へ出かけた。

原宿駅の改札口を出て表参道を、2人は手をつないでゆっくりと歩いた。

長い下り坂は明治通りを挟んで長い上り坂にかわる。

久々に会う山崎と待ち合わせた『カフェ・ド・コパ』は、明治通りからほんの少し坂を上るとある。

表参道の歩道際に、コーヒー豆を挽く白いミルがディスプレイされている。

地下に下りる階段を下りていくと、探すまでもなく、正面のテーブルに座っている山崎が目に入った。視線をテーブルに落として、手帳にペン先を滑らせている。

六本木で一緒にDJをやってる頃はいつでも、つばのあるキャップを頭にのせていたのに、今の彼はさっぱりとした感じに変身していた。

「スーツ着てるよー。あの『やま』が」となりに居る香子に、耳打ちした。

テーブルに2人が近づくと、手帳を閉じた山崎が顔を上げた。


「車ですか?」山崎は、翔一に尋ねる。

「いや、電車だよ」翔一が答える。

「めずらしいですね、フィアットの調子が悪いんですか?」

「んーそういうわけじゃあないけど、帰りはタクシーにするつもりだよ」

「そうですか、じゃあアルコールもOKですね。この近くにいい店があるので、そこへ案内させてください。行きましょう」そう言って山崎は、歩き出した。

階段を上って、お店の外へ出ると表参道には、無数の赤いテールランプが流れている。

細い線が、小刻みに震えながら坂道を下っていく。

明治通りの一本手前、その路地を左へ入ると突き当たりに『OH! MY GOD』と書かれたホワイトボードが白い椅子の上に置かれている。

見ると、映画のタイトルが書かれている。

店内には大きなスクリーンが吊られ、シネマを見ながらカクテルを飲んだり、オードブルを味わったり。

その他ここでは、映画を見なくても楽しめる『TOOL』がいろいろと用意されている。

最近では、珍しくもないが、カフェシアターって言うのかな？

大きなテーブルに落ち着いた3人は、それぞれカクテルをオーダーした。

しばらくすると、打っぱなしの広い壁にスクリーンが下りてきた。

光の量も、少し落とされて軽い音をともなってフィルムが回り出す。

「入り口にあったホワイトボードに、映画のタイトルが出ていたと思うんですけど見ましたか？」山崎が言った。

「えーとね、この時間は確か『ネバー・エンディング・ストーリー』だったはずよ」香子が言った。

映画のエンディングを迎えるころには、ふわっーとしたアルコールの酔いに、体と精神を包み込まれていた。

35　Never Ending Story – Limahl

翔一は、昼間の電話で山崎が言っていた話を、まだ聞いていないことに気がついた。

「でさぁ、昼間の電話での話ってなんなの？」

「そうでした」ちょうどいい加減の状態なのが一目で、解るほどリラックスしていた山崎は、グラスに残っていた氷を1つ口に入れてカリカリと、歯で砕いて飲み干し、話をはじめた。

彼が、今所属しているプロダクションは、主に海外アーティストのプロモート、およびコンサートライブの企画、運営をする会社。

簡単に説明するとこうなるが、この業界は、多職種で多様な人間との接触が多い。

ＦＭ・ＴＶ放送局関係者、ライブ関係者、エージェント、通訳、ｅｔｃ。

「その中で、海外アーティストを成田空港からリムジンで運んでもらって、それら、ゲスト滞在中の専属ドライバーを水嶋さんに、引き受けてもらいたいと思うんです。運転免許はもちろんですが、車の運転オンリーじゃなくて、ある程度は英語でコミュニケーションできる人っていうのが1つの条件なんですよ。来月来日予定のアーティストを担当してもらいたいなと思っています。この仕事はゲスト次第だから、ホテルでの待機時間はかなりあるし、ライブの会場では音響関係のプロデューサー、エンジニア、ＰＡミキサーや照明屋さん、設備屋さん。たくさんの人に会うことができますし、力のあるブレーンを探すのには充分な環境です。水嶋さんならおそらく、この環境に入って得られるものの全てを、手にできる能力があるでしょう？　どうですか？　ギャラは1日1万円、食事付きです」

『これは、面白い話だなぁ』翔一はそう思った。

「そうだね、ぜひやってみたいねぇ。で、誰が来るんだっけ？」

「セブンビフォアです」その名は、翔一も知っていた。

太陽の出ている時間帯に、仕事をするというパターンの生活を5年以上はしていない。
六本木や、横浜のお店でＤＪしているときも
『人は本来、昼間に活動して夜は寝るものだ』と、つくづく思ったものだった。
ＤＪを職業にするなら夜に、眠ることはできない。
降って湧いたように山崎がぜひにと、振ってくれた仕事。

『このまま部屋に閉じこもって、不健康な生活を続けるよりは』そんな思いもあって、翔一は、この話を快諾したのだった。

その日は、朝からよく晴れていた。

山崎の会社は、横浜にも支社がある。オフィスは横浜山下公園の近くにあった。

昨日の夜、山崎から連絡が入り、

「水嶋さんが使うリムジンは、横浜オフィスのほうにありますからすいませんけど朝、横浜の方に車を取りに行ってもらえますか」という指示を受けた。

久しぶりに電車で桜木町に行き、バスを使って山下公園に向かった。

横浜オフィスでは、この日一緒に仕事する小沢君を紹介され、簡単な仕事の説明をしてもらった。

山下町にあるモータープールから2台のリムジンは、成田空港を目指して首都高速道路、横浜公園ランプから入り、千葉方面を目指した。

成田国際空港の到着ウイングにゲストが到着するまで、あと1時間とすこし。

パーキングにリムジンを止めて、2人は待機に入った。

横浜からずっと、翔一の前を走っていた小沢が言った。

「まだ、到着までに1時間以上あります。水嶋さん食事は？　中に、軽く食事のできる場所がありますので、ご一緒しませんか？　ゲストが到着したら、こいつが鳴りますから大丈夫です」と、言って彼は、ドでかいバッテリのついた携帯電話を左手でポンと、たたいた。

「通訳の女の子も、ゲストの到着に合わせて来ることになってます。待ち合わせ場所はここですから」小沢君は、トーストを手でちぎりながら言った。

翔一は、今まで自分が生きてきた夜の世界とのギャップに少しばかり、戸惑いを覚えていた。

今まで、あまり感じたことのないこんな感覚が無性に面白くて、しばらくは新人らしく無口で過ごした。

通訳の女の子もようやく合流し、到着ロビーでゲストを出迎える準備は整った。

しばらく待つと、予定通りの時間に、セブンビフォアの面々も顔を揃えた。

その日の仕事は、彼らを横浜のインターナショナルホテルまで送り届けてから、オフィスがおさえたホテルの一室で、待機することになっていた。

帰る道、翔一のリムジンに乗り込んだのは、通訳の女の子とセブンビフォアのメンバーたちだった。

しかし、車中での会話は半分も聞き取れず
『まいったな』翔一は思っていた。

今回、来日したセブンビフォアは、本牧のラジオシティで3日間ライブをやる。

リハーサルや音合わせに、2日くらいで全部たしても1週間に満たない。

はたして日本人で、このセブンビフォアを知っている人間が、何人ぐらいいるのだろうか?

翔一は、もちろん彼らを知っている。

メジャーデビューしてから、まだ1年は経ってないニューフェイスのグループだけど、ファーストアルバムからシングルカットされた何曲かは結構ノリのいい曲で、ビルボード誌のダンスブラック12インチシングルあたりのチャートで、上位にランクインしてたはずだ。

六本木の店で、DJをやっていたときにも何度か、彼らの曲を選曲したことがある。

知らない奴は全く知らないだろうし、どちらかといえばそっちの方のが、数は多いと思う。

ラジオシティーだって、決して大きなホールじゃない。200~300人も入れば一杯だろう
『ここで3日間だけライブをして、利益があるのか?』翔一は待ちのヒマな時間をそんなこと考えながら、時間を潰していた。

ライブ初日を、無事に乗りきったセブンビフォアのメンバーたちをホテルまで運び、待機部屋のベットに寝ころんで休憩を取っていた。

「今日は、もう終わりかな?」翔一は、もう1人のドライバーの小沢に尋ねた。

「そうスね、メンバーも初日が終わって疲れてるでしょうから」

「じゃあ、そろそろ帰ろうかな」そう言いながら翔一は、ベッドを下りて伸びをした。

帰り支度に取りかかろうとしたとき、部屋の電話が鳴り出した。

近くにいた通訳の女の子が、受話器を取った。

「ライブマスターフィスの山崎さんから、水嶋さんへお電話です」と言いながら彼女は、受話器を翔一のほうへ差し出した。

受話器を受け取り
「もしもし、山?　もう、そろそろ帰ろうかなと思ってたんだけど」

「どうですか?　調子のほうは」

「まあまあだね」翔一がそう答えると
「実は今夜、水嶋さんに、少しだけ残業してもらおうと思って連絡を入れたんですけど、今夜の予定は?」

「いや、これといって予定はないけど、何をすればいいの?」

「水嶋さんの担当しているセブンビフォアのメンバーたちが、初日を終わってリラックスしたせいか、横浜あたりで遊びたいって言ってるんです。できれば水嶋さんに、どこかへ案内してあげてもらいたいんですけど」

「なんだ、そんなことか。いいよ、でもね俺1人では会話が今ひとつだから、バイリンガル1人そう、通訳の女の子も連れて行っていいかな?」

「そうですね、わかりましたじゃぁ、女の子に代わってくれますか？」

翔一は、受話器を通訳の女の子のほうに差し出した。

彼女は、一言、二言うなずいて翔一に視線を移し、彼がうなずくのを確認してから、受話器を電話機に戻した。


夕方の7時を過ぎた頃、ドライバーの小沢君は
「お疲れ様です」と言って、帰っていった。

入れ替わりに横浜オフィスからスタッフが1人、ベンツのワゴン車に乗ってやってきた。

セブンビフォアのメンバーとスタッフたちを、どこへ連れていくかを話し合い、結局は、翔一に任せるということで話は決まった。

横浜ということであれば当然、ワイズベイサイドクラブが1番だろう、という意見しか彼は持ち合わせていない。

ミックに連絡を入れてから、ベイサイドクラブへ向かう。

ゲストたちは、ベイサイドのスタッフ達から最上級の歓迎をうけた。

それは、普通に行ってもけっして受けられない特別なものだった。

36　Ghost Box – Black Box

「どうでしたか、今回の仕事は」

その山崎の声は、翔一の部屋の留守番電話に入っていた。

もちろん片山が、警察に逮捕されてからようやく3週間が経ったばかりだから、香子の部屋の電話でこの

声を聞いていた。

そして、オンフックから山崎のオフィスをコールした。

「そうですかぁ、やっぱりセブンビフォアくらいのネームバリューじゃ、日本側で動く人間のランクも、メジャーじゃあなかったですね」

「そんな感じかな。次回は、思い切り期待してるよ」

「任しといてください、次は必ず水嶋さんの期待に沿える人間をチョイスしますから。実際のところラジオシティーホールのチケットもかなりダブりぎみで、結局タダで配ってなんとかホールを一杯にしたって感じでしたからね」

「あぁ、やっぱそうだったんだ。じゃーかなり赤字食ったんじゃないの？」

「赤字ではなかったんですけど、おいしくもなかったですね、実際」

「できれば次は、ＭＣハリーかジェイミーブラウンあたりがいいかもね」翔一は、期待を込めて言った。

「はい、次は頑張ります。ところで、話は変わりますが、気になっていたことを聞いてもいいですか？」

「あぁ、いいよ。何？」

「最近、いつも部屋にいないようですけど、何かあったんスか？」山崎は、心配そうに声のトーンを落として言った。

「うーん、山も顔を知ってると思うけど片山のやつが３週間前、警察に逮捕されたらしいんだよ」

「あぁーなるほど、そういうことですか、やっぱり。水嶋さんが絡んでるんですか？」

「そういうことなんだよね。まあ、知ってる奴は知ってると思うけど一応、誰にも言わないでくれな」

「はい、解ってます。水嶋さんは、大丈夫なんですよね」山崎は、さらに声のトーンを落として言葉を続けた。

「100パーセント大丈夫、とは言い切れないけど、すべては片山にかかってるって感じかな」

「そうだったんですか。でも、あの人はけっこういい加減な性格の人でしたからねぇ」

「まぁねー、ドラッグかなり好きだったしね」

「翔一君、ちょっと聞いてくれます？　僕なんかは結局、ちいさな社会の中の1個の歯車になっていくしかないけど、翔一君は僕なんかと同じじゃあなくて、なんていうかこの社会で、もっと重要な役割を担当できる人だと思ってます。六本木のお店で、初めて会ったときから感じてました。だから、できれば、くだらないことでつまずいてほしくないと思ってます。僕ができることは、100パーセント協力させてもらいますから」

「解ったよ、サンキュー。山」翔一は少し感動して、受話器を置いた。

だが、片山がパクられたことなど知らない他のルートからは、相変わらずクサのオーダーは、入ってくる。

及川が入っていた六本木NULLSも、新旧交代の波にさらわれてしまい、あの店はもう存在しない。

その後の彼は地元、横浜に戻って老舗中の老舗、マジックで元気にプレイしている。

そして、ベイサイドクラブのミックと静岡に流れていく翔一のルートは健在。

1カ月1キロくらいの量をコンスタントにさばいている。

翔一と新二、2人の手のひらには毎月100万円以上の現金がのっていた。

一時的に収入が減ったのは、この間の新二逮捕事件のときくらいのもので、そちらのほうは安全に、安定していた。

しかし翔一は、今ある自分の状況が煩わしく思えてきた。

『確かに金はあるけど、必要以上に出かけることは、まだちょっとヤバそう』

毎日チェックする自分の部屋の留守電には、未だ何の連絡もない。

あれから1カ月弱、普通なら法定拘留期限はとっくに過ぎている。が、何の動きもない。

この期間では出てこれなかった（釈放されなかった）と、いうことか。

こうなると、片山自身が自由の身になるまでまだ、最低でも40～50日はかかるだろう。

『よしっ、行ってみよっかね』

この部屋であれこれ考えていても、しょうがないことを悟った翔一は、赤坂の店へタクシーで、向かった。

まだ、夜も早い時間にあらためて見ると、「男1人ではちょっと入りにくいお店だな」

お店の外回りは、それくらい派手な作りだった。

『お金も結構、掛かってそう』そう思いながらも翔一は、かまわず1人で入っていく。

入って左側にあるDJブースには2人、DJが座っていた。

「おはようございます。あれっ今日、片山さんは？」翔一は、スッとぼけて話しかけた。すると
「あらー、珍しい人見つけた」ブースの中のDJがそう言いながら、手を上げた。

彼は、先月クローズしたキューのハウスDJ、永守だった。

「なーに、いつから入ってるの？」本当に驚いて、翔一は言った。

「うん、2週間くらい前から。1人DJが抜けちゃってね、急きょ入ったんだよ」永守は言った。

『ラッキー』翔一は、思った。

「じゃあ、その『ぬけたDJ』っていうのが、片山君なわけ？」

「詳しい事情知ってる？」

「いや、全然知らない」翔一は答えた。すると
「そうかぁ」そう言った永守が思案している気配を、感じ取った翔一は
「もしかして、パクられちゃったんじゃないのー」冗談ポく言ってみた。

「なんだ、知ってんじゃん」

「えっ、冗談のつもりで言ったのにマジ?」かなり芝居が入ってる。

「麻布警察署にいるってさ、店の客にもSを、流してたらしくてさ。3週間くらい前にこのお店もガサ入ったんだよ。だから、片山君はもうここでは、DJできないよ」

「あらぁ、かわいそうに」思い切り他人事を装った。

セットリスト No. 5（第五章）

37　I Can't Take It No More - Kurtis Blow

『麻布署だったのか』

まぁ、考えてみれば、至極当然の場所だろうって感じ。

『もう、起訴（刑事事件として立件されること）されてるだろうな、いくらなんでも』

麻薬関連事件の場合、被告人とその関係者とは通常22日間（起訴されるまで）は面会できない。

これは、証拠隠滅などの指示などを外部の関係者にさせないための措置。

逮捕されて、留置場。起訴されてからは拘置所に。

拘置所に移監されてからなら、面会することが可能になる。

念のため翔一は、おもての公衆電話から、麻布署へ偽名を使って電話をかけた。

片山の接見禁止が、解除されたかどうかを確かめてみるつもりだった。

すると、すでに起訴され東京拘置所に移送されたことを聞きだすことができた。

受話器を置いた翔一は
「小菅か」そう、つぶやいた。

東京拘置所は、東京都葛飾区小菅にある。

『俺が、直接行くか。それしかないよね』

本来なら、共犯ともいえる関係者が、拘置所とはいえ法務省管轄の建物の中で面会するという行為には、多少のビビりが入るが。

「行くしかないでしょ」軽めに腹をくくった。

その日は、朝から雨が降っていた。

人の少ない時間を選び、電車を使って、東京拘置所がある小菅に向かった。

川崎から見たら、東京の向こう側、ほとんど埼玉って感じ。
4、5メートルはありそうな壁が、敷地を取り囲んでいる。
その壁の途切れた場所に、太い鉄格子製の門があり、横には制服を着た職員が詰める小屋があった。

『面会者入り口』と書かれている矢印が、奥にある建物の方向を差している。

翔一は、矢印に誘導されるままに従い、建物の中に入っていった。

そこには、すでに何人もの面会希望者たちが広い部屋の中で、長い椅子に座り、自分の順番が来るのを待っている。

翔一も『面会申請書』というやつに必要事項を書き込み、番号の書かれた札を渡され長椅子に腰をかけて待った。


やがて彼の順番がきた。


たくさんある扉の中から、指定された番号が記されている扉に入った。そして、待つ。

待つというには、短かすぎる時間があって、目の前にある細かい鉄格子の向こう側のドアが開いた。

太りぎみの制服男に続いて、すこしやつれた雰囲気まとった片山が、入ってきた。

彼の顔を見た翔一は、

「大変だったね」と、声をかけた。

片山は、翔一に視線を合わせて
「まぁ仕方のないことだよ。翔一君の迷惑になるようなことは、なにもないから安心してください。でも、借りてるお金はしばらく待ってください」と彼は言った。

翔一は、その片山の態度を見て、警察で翔一の名前を出していないことを、はじめて確信できた。

「いいよ、金のことなんか気にしなくても」

「いや、そういうわけには」と言う片山の言葉をさえぎるように
「何かナカ（塀の中）で、必要なものはないの？」翔一は言った。片山は、

「ありがとう。でも、ぜいたくをしないでなんとかやってるから、心配しないで」と言った。

わずかな時間、15分くらい経ったときに面会時間は遮断された。

終了、というよりも遮断というイメージのほうがしっくり来る。

最後に、翔一は
「全て終わったら、連絡して。俺、必ず時間を作るし、今後のことも、相談に乗るから」そう言い残して、面会室を出た。

面会室を出たあと、拘置所内にある売店で差し入れられるもの全てと、現金も差し入れておいた。

東京拘置所での面会を終えた彼は、帰りにＪＲ田町駅で降りて、新二の部屋に向かった。

エレベーターで15階、新二の部屋のインターホンを押した。

「はい」と新二の声がし、ロックが『タンッ』と鳴ったのに続いてドアが開いた。

そこには、新二がいて、「上がれば」と言った。

翔一は、リヴィングのソファに腰をかけて、東京拘置所での面会が無事に終わったことを話した。

「まぁ、これでひと安心だね。翔ちゃん、ここんところ生きた心地しなかったでしょう？　いつ来るか、いつ来るかってね」新二はついこの間、同じことを経験したばかり。

「これでやっと、枕を高くして眠れるってところかな」翔一が言うと。

「でも、やっぱりＤＪだよね。言っていいことと、悪いこと。得になることと、そうでないことをちゃんと知ってるよね。それに比べてあの野郎、刑事にちょっと言われただけで、いろんなことペラペラペラペラと」新二にはまだ、自分の事件の記憶が、鮮明に残っている。無理もないことだ。


翔一としては、長くやっていたＤＪの仕事も一段落し、片山の事件も、事なきを得て。

そして、季節も夏へ向かって一直線。晴天の日が続き、天気予報に乗せられたこともあって。

しばらく、旅にでも行こうかと考えていた。

香子は、手放しで賛成し、早速有給休暇を合わせて10日間の連休をとった。

まだ夏の行楽シーズン前、７月の金曜の午後。

フィアットのフロント・トランクに、２人分の荷物を乗せ、伊豆修善寺温泉郷に向かって出発した。

一日目の宿だけ予約して、あとは成り行きに任せるという感じで、アクセルを踏み込んだ。

久々のフィアットで、東名高速厚木から「厚木・小田原道路」を通り、箱根ターンパイクを使って伊豆方面に抜ける。

伊豆真鶴海岸道路では、海を左に見ながら走り、下田から修善寺へ向かう街道を使って温泉郷にたどり着いた。

夕暮れのころだった。
宿の仲居さんが、香子の荷物を運びながら
「もう少し早く、お着きになられましたなら、海に沈むきれいな夕日が見られましたのに」と言った。

38 The Changing Times - Earth Wind & Fire

翔一と香子は、及川の新しいお店、横浜『4PLAYS』のオープニングレセプションに、顔を出すため横浜に向けて、車を走らせていた。

4PLAYSは、元町商店街の山下公園側入り口から入って、何軒目かのビルの中にあった。

その夜は、招待されたゲストだけが入れるレセプション・パーティー。

スタッフに案内された席は、ちょうどＤＪブースの真正面の席。２人が座ると、ブースの中にいる及川がスタッフと打ち合わせしている様子が見えた。

ブースの中をのぞくと、ターンテーブルは４台置かれていて、ミキサーもハイエンドクラスのものが使われているようだ。

「まるでスクラッチズバーみたいだな」翔一は、つぶやいた。

彼が、ディスコへ初めて行ったのは14歳の頃、その頃住んでいた広尾でプロダクション所属の女性歌手のお姉さんと知り合い、いろいろ教わったことの中にダンスがあった。

ダンスフロアーのデヴューは、新宿∞。

新宿コマ劇場の向かいにあるビルの中にあったダンスフロアー。
２、３階に席があって、下のダンスフロアーを吹き抜けから、見下ろすことのできる楽しい場所だった。

ダンスフロアーに来ても踊らないヤツが、当時は多かったのだが、翔一は違っていた。周りにいる人で『うまいなぁ』と、思うステップを一生懸命コピーして。それを、自分らしくアレンジする。そして、自分のものにする。初めてダンスフロアーに行ったそのときまで、自分がこんなにも踊ることが好きだったとは、思ってもいなかった。

確かに、体を動かすことは嫌いじゃなかった。むかしから。

学生を終えて、普通の社会人として働くようになってからも、あっちこっちのダンスフロアーに、顔を出していた。

だが学生のときに比べれば、踊りに行く時間は少しずつ減っていった。

生活ってヤツが重たくなってきたときに、彼はターンテーブルに出会った。

『それが、始まりだったな』

彼が、ＤＪで生活をしていこうと決心したときから、このお店のＤＪ、及川誠との付き合いが、始まった。

シネマでは、『ブレイクダンス』『ボディロック』『ビートストリート』なんかの中でダンス・シーンに合わせて、ターンテーブルを使ったＤＪプレイが映し出され、当時のグラミー・アワードでは、ハーディー・ハンコックの『ROCK IT』をフューチャリングした、GRONDMASTER ICEが、世界ではじめてスクラッチプレイをＴＶに流し、その反響の大きさからミュージックジャンルに、新たなカテゴリー、HIP・HOPが加わることになる。

それまで、ＵＳＡですらラップは歌じゃない、なんていう声もあったけど、RAP & SQRATCH・PLAYのユニット、そのスタイルがヒップ・ホップというひとつのジャンルになっていった。

そして、日本にもスクラッチプレイを前面に押し出した営業形態のクラブが出来た。

そこには、お店の名に恥じることのない日本屈指のターンテーブルプレイヤー達が集まっていた。

まさにその店は、お宅ＤＪ（プロではなく、自宅でターンテーブルをいじる人）達のスクールだった。

翔一が、プロになろうと、思いを固めたのはその場所。

その頃の翔一は、ホント、ヤバイ生活をしていた。

仕事が全然、面白くない、続かない。

しかし生活は、できていた。不思議なことはない、もうその頃には、新二と２人で、プッシャーをしていたから。

「こんな生活はマズイだろいくらなんでも、もしも逮捕とかされちゃったら、新聞やニュースで『無職』とか書かれちゃうじゃん」

及川とは、その頃に出会った。

翔一は、その店のＤＪブースの上のほうから、覗いていたとき、及川が休憩でラセン階段を上がってくるのが見えた。

もちろん、彼がこのお店のハウスＤＪであることは知っている。

そして、２人でクサを一服したのが始まり。20歳のクリスマスナイトのことだった。

このとき翔一は、持てるもの全てを使いプロフェッショナルＤＪの扉をこじ開けた。

「3ヵ月は、見習いからだよ」って言われていたＤＪになるのに、それから1か月もかからなかった。

及川は、すぐに仕事のできるお店を翔一に紹介してくれたからだ。

オーディションはあったが、形だけのもの。そのときすでに、ある程度のテクニックを持っていたから、なんの問題もなくまともなギャラをもらう六本木のＤＪとしてデヴューした。

及川が居なかったら、もう少し時間が掛かっていただろうと思う。

「ようっス、しばらく居なかったね。どこへ行ってたの？」と言いながら、彼は翔一の隣に腰掛けた。

「はい、お土産」伊豆で、２人が選んだ土産の箱を３つ渡した。

「おっ、サンキュー。なんだ、もう海行って来たの？　そういえば黒いよ。２人とも」及川が言った。

「それよりさぁ、あのＤＪブース、渋谷を思い出すね」翔一が言うと。

「うん、音響面のプロデュースは全部俺が、やったんだよ。もちろんあのお店で演ってたことは全部できるようにセッティングしてあるよ」

「そぅ、音も似てるね、あそこに」

「造ってるうちに、だんだん似てきちゃったんだよね」

39　Pump Up The Volume – Marrs

香子が、少し早めにとった夏休みは、あっという間に終わって、彼女は仕事に復帰した。

翔一は、少し持て余し気味の時間を有効に使うため、英会話スクールへ通っていた。

『これからは、必ず必要になるはずだからね』

スクールに通いだして、１ヵ月が過ぎたとき、すでに自分の部屋に戻っていた翔一は鳴り出した電話の受話器をもち上げた。

「はい、もしもし」

受話器から聞こえてきたのは、片山の声だった。

「拘置所に面会に来てくれて、どうもありがとう。おととい帰ってきて、いろいろとやることがあって、連絡がおそくなりました」と、丁寧に言った。

翔一は、雨の降る中、東京拘置所に行って片山と面会したときのことを思い出していた。

「長い間、たいへんだったね。ホント、ご苦労さんだったね。時間があるんだったら今からでも放免祝いをしようよ、どう?」翔一が言った。

自由が丘で、待ち合わせ、翔一がその場所に着いたとき、時間は午後7時少し前、そこに、片山は来ていた。

無言で握手をした2人は、翔一の案内する店ののれんをくぐった。

個室の座敷に上がり、差し向かいに座った2人は、まず乾杯した。

「それで、どうだったの? 結果のほうは」翔一が訊くと
「うん、懲役1年6月、執行猶予3年だって言ってたよ」片山は答えた。

「またずいぶん重くなったね」

「しょうがないよ、状況的には所持、使用と、それに営利目的のとこを思いっきり突っつかれてね。けど初犯だっつうことで、やっと執行猶予だったたって感じ」片山がそう言い終えたとき、襖が開いて注文した品が、運ばれてきた。

2人は、はしを動かしながら語り合う。

「まぁ、起きちゃって、しかも、過ぎちまったことは仕方ないから、これからのことを前向きに、考えていこうと思ってるよ」彼はうつむき加減に言った。

「仕事のほうは、どうするの?」

「うん、DJの仕事は今回の事件で全部ポシャッちゃったから、まぁホトボリが冷めるまで、なんか別の仕事でもして、しのぐよ」

「そうか、そうだね。俺のほうでも、いろいろあたっておくから、いい話があったら連絡するよ」

「うん、頼むよ」

2人しか居ないためか、盛り上がらない放免祝いだなと思いつつ
「僕に、できることがあったら、なんでも遠慮なく言ってよ」翔一は言った。

すると片山は
「言いにくいことなんだけど早速、頼んでもいいかなぁ」

翔一は、言いにくいことという一言で、ピンとくるものがあった。

「Sを1つ、都合してほしいんだけど」

『やっぱりな』と思ったが、その頼みに対して自分には拒否する資格がない。間違ったことかも知れない。

でも、そのとき彼は、そう思ってしまった。

そして、新二のところへ連絡を入れた。

片山の頼み事は、今の翔一にとってイージーなことだった。

頼まれたモノをヤツに手渡すとき、手のひらに少し痛みを感じた。

焼けるような。痛み。

受け取った片山は、金のことも言わずに自由が丘の雑踏の中へ消えていった。

『俺はあいつに、恨まれているのかもしれないな』ふっと、そんな思いがした。

40 Supa Star – Group Home

暇つぶしに通い始めた英会話スクールで、2ヵ月くらいの時間が過ぎた頃、以前、外国人タレント付きドライバーのアルバイトをふってくれた山崎から、連絡があった。

「来ますよ、翔一君のリクエストの、大物が」

「誰？　もしかしてスティーリーワンダーあたりかな」あてずっぽで、言ってみた。

「ピンポン。リクエスト通り、大物中の大物ですよ。うちの事務所が受け持つ関東圏内だけでも４ヶ所で、ライブやる予定だし、メディア関係からのゲスト出演のオファーも、ガンガン入ってきてます。おかげで忙しくなってきましたよ。翔一君は、もちろん手伝ってくれますよね」

「オフコース、最近は英語で会話したくてしょうがない病にかかってたところだったから、渡りに船っつうやつだね」すこし、体が熱くなるような感覚があった。

「そうッスよね、日本にいるんじゃ仕事で使う以外には、イングリッシュ勉強しても、それを実践する場所は、少ないですからね」

「そうなんだよね、通いだしてから気が付いたよ。六本木にいたときは、けっこう使ってたはずなんだけどね。英語」

「そうッスよね、３割以上は外国人でしたからね、あそこは。じゃぁ英会話の実践も兼ねて、お付きドライバーの件は、引き受けてくれるということで、いいですよね。詳しいスケジュールが整い次第、説明しに行きますから」

数日後、山崎は、スティーリーワンダー来日スケジュールと堅い文字でプリントされた書類をもってあらわれた。

「いやぁ、前回のセブンビフォアには悪いけど、格が違うって感じだね、さすがに」翔一が、スケジュールを、ながめながら言った。

「でしょう？　でも、今回は多忙になるぶん、あっちこっちで出会える人間の数と、そのレベルは、前回と比べ物になりませんよ。ライブ会場は、トップクラスの場所ばっかりだし、裏方も日本のトップクラスをチョイスして、セッティングしてますから。翔一君のコミュニケーション次第で、大きな可能性を見つけ出すことが、充分できると思いますよ」

「そのとおりだね」

「今回、スティーリーにくっついてくる来日スタッフは、総勢100人だそうですよ」

「そんなに来るの?」翔一は
『そこまで必要なのか?』という思いで、聞きなおした。

「はい、でも2年前に来たザ・プリンスなんかは、スタッフ200人連れてきましたから。彼のプライベートコックも連れてきたらしいですよ」

『だいたい、どこで料理をさせるんだ?』と思いながら
「はぁー」と、ため息交じりの相槌をするぐらいしか、手段のない話題だった。

1つ疑問が、浮かんだ翔一は
「そんなに、たくさんのスタッフが来るんだったら、メインゲストの担当を受け持てるかどうかは、解んないんじゃないの?」

「だいじょうぶッスよ、リムジンは2台しか使いませんから。スティーリーとプロデューサーに1台ずつで、あとはバスを使うことになってます。かならず、翔一君にメインゲストを担当してもらいますよ」

スティーリーワンダーの来日は、日本にも大きなインパクトを与えた。

今回の来日で、3度目になるらしい。

さらに、またしてもワールド・メガ・ヒットをひっさげての来日なだけに、ライブでのパフォーマンスも、極めて派手な構成になっている。さすがに、アメリカショービジネス界のトップクラス・ミュージシャンな

だけあって、なにかにつけてプロフェッショナルさが際立っていた。

これが、翔一の感想。

受け入れ側の日本では、世界のスーパースター、スティーリーワンダーを迎えて、業界はおおさわぎ。ゴールデンタイムのテレビコマーシャルでは、スティーリーワンダーのライブ日程が、一斉にＴＶ・ＣＭでオンエアされた。

翔一は、初日こそ多少緊張したものの英会話の実践練習は、スティーリーワンダーを相手に、しっかりとやっていた。

積極的にイングリッシュで、会話する翔一のことを、スティーリーも気に入ってくれているようだった。

前回運んだセブンビフォアのときは、ドライブする時間もスケジュールも、忙しいとは程遠い、ラクな仕事内容だったが。今回の仕事は、毎日がハードだ。

仕切りガラスの向こうから、世界的に有名な彼が
『おいっ翔一、大丈夫か、疲れてないか?』１日１度は、声をかけてくる。

もちろん、イングリッシュで。

『けっこう、いい人なんだな』そんなことを思いながら、今回は、ライブ会場やＴＶ局での待ち時間を活用してライブマスターオフィスのスタッフを橋渡しに使い、かたっ端から力のある人間とコミュニケーションを取らせてもらった。話の内容こそ、他愛のないものだったが。相手に、強い印象を与える。そのことに専念した。この目的のため今回は、自分の名刺も用意してきていた。

ライブ・アリーナでは、日本のトップメーカーと呼ばれる音響屋のすぐそばで、彼らのする仕事を静かに観察し、タイミングを見て話し掛ける。

お互いが、音に関しての専門家であるためか、話の素材にはことかかない。

ここで会ったのが最初で、もしかするともう、二度と会うことのない人間なのかもしれないけれど。『無駄なことでは、絶対にない、いつか違った形で役に立つこともあるはず。世界は確実にひろがっていく、必ず』

スティーリーワンダーは、東京に2週間滞在し、ネクストステージの場所へと、移動していった。

その間の翔一は1日の休みもとらずに、スーパー・スターに付き合い、最終日には、彼から直接感謝の言葉をうけとった。

なによりも心に残ったのは、その瞬間だった。

彼がさし出した手を握りしめて、翔一の仕事は完了した。

『すっげえー疲れたけど、いい経験になったなぁ』

充実感があふれて、少しナチュラルハイの気分。

I just call〜　to say〜　I love you〜　翔一は彼の歌を口ずさんでいた。

41　Turn On - Earth Wind & Fire

「2週間ぶっ通しで、お疲れ様でした。大変だったでしょうけど、かなり喜んでたみたいですよ、スティーリー。あとを引きついだ、プロダクションのスタッフと、連絡事項の打ち合わせをしたときに、言ってましたよ」

「それは、光栄だね。もうフレンドかもしんない」翔一は

『自分という日本人をきっと、彼は忘れないだろう』と、勝手に思っている。

「そうですか、それも大きな収穫でしたね。肝心かなめのほうは、どうでしたか?」

『ドライバーをしながら、横のつながりを広くして、チャンスを選択できるスペースを大きくしたら』と、

提案したのはこの山崎だ

「それについて、ぬかりはないよ」と、言いながら今回の仕事での、いわば別ギャラともいうべき、名刺の束をテーブルに置いた。

「うわっすごいっスね、これみんな翔一君が会って話をした人ですか？」

山崎は、たった2週間で集めたとは思えない数の名刺を1枚ずつ見ながら言った。

「そぉ、みんな会話をした人だけどお互い、仕事中にしていることだから、時間的に長短の差があって、その名刺を渡してくれた人全部が、僕のことを覚えていてくれるとは限らないけれどね。できる限りのことは、してきたつもりだよ、なんつっても現場は多忙だからね〜」

「そうですよね。でも、これだけ細かくメモっとけば、たとえ相手が忘れてたとしても説明すれば絶対に、思い出しますよね！」山崎は1枚1枚の名刺にメモされた小さな文字を見つけ、しきりに感心しながら、名刺をトランプのように親指で1枚ずつ送りながら眺めていた。

しばらくうつむいて名刺を見ていた山崎が、そのままの姿勢で

「翔一君、10日くらい前に新聞で見て知ったんですけど」彼は、さっきまでとは、全然違うトーンで、つぶやくように言った。

「なんかあったの？」そう言った翔一は、胸の奥にスポンジがつまったような息苦しさを一瞬、感じた。

うつむいていた視線を、翔一に向けて、山崎は

「片山さんが、死んだそうです」

「えっ」それ以上の言葉が、出なかった。出せなかった。

「詳しく書かれた新聞記事にも、目を通しましたけど、覚せい剤使用による中毒死。だそうです。自殺の可能性もあるって書いてありました。翔一君は、その頃いろんな意味で重要な仕事の最中でしたから、報告

できませんでした」

力が抜けた翔一の体は、崩れるように椅子に落ち、ダイニングテーブルに額をのせたまま、動くことが出来なかった。

ついさっき、感じた息苦しさが増幅しながらまたやってきた。

『自殺の可能性ってなんだ？ Sを使って自殺できるのかよ？ 確かにアメリカのほうじゃあ、薬の量を間違えて、限界量をこえたものを体に入れて、死んじまうことがあるらしいけど、そりゃあたいてい、コカインの場合だろう？ 薬なんだから、Sにも致死量ってのはあるだろうけど、この日本じゃあ聞いたことがないよ』

翔一も、Sを使ったことがある経験者だから、Sを使っての自殺が不可能なことだとは思わない、たぶん、できることだと思っている。

方法としては、いつも自分の使う量の5倍以上を水で溶いてその量を一気に注射器で、自分の身体に押し込めば、たぶん自殺は達成されるだろう。致死量が入る前に、心臓がショックで止まるほうが先だろうけど。

翔一は脳裏で、片山の最後の場面を想像していた。

腕まくりをした肘の内側には、注射器のハリが刺さったまま。後ろへ仰向けに転がり、天井を見据えた瞳には、生気がない。そして、想像していただけの自分の目と、あいつの視線が合ってしまった。

その瞬間、今まで経験したことのない嘔吐感が翔一を襲ってきた。


ハキそうだった。

頭の中で、いろんな過去の場面が、次から次へと映し出されているようだった。

しかし、そのイメージがいったい何を映し出そうとしているのか、本人にも解らない。なぜか、片山とは関係のないイメージばかりが早送りにながれていく。

『俺は、いったい何を思い出そうとしているのか？』

それすら、解らなかった。

「俺が、渡したドラッグで人が、死んだ？」これが、冗談ではない。そのことだけは理解できた。

今は、それしか出来ない。ほかには何もできそうもない、今は。

「翔一君、大丈夫ですか？」山崎は、心配のトーンを言葉に込めて言った。が、そのほかに、かける言葉を見つけることができないでいた。

翔一の耳に、自分の言葉が伝わったのかどうかさえ解らない。


翔一は、椅子に体を落としたまま、少しも動かない。

今、在るこの空間だけが時間という絶対的な概念から、切り離されたように感じられ、ただ沈黙がつつみ、動きも停止して、どのくらいの時間が経ったのか。やがて、
寝ているようにも見えていた翔一の額が、ゆっくりとテーブルから離れた。

椅子の背もたれに、背中を押し付けて腰の位置をずらし、浅く座り直すように。

彼の視線は今、天井にあった。

しかし、翔一の瞳に何が映っているのかも解らず、山崎はただ、心配を自分の表情に映したまま黙って、翔一を凝視することしか出来なかった。

「俺はあいつに、出てきたばかりなんだから、ほとぼりが冷めるまではやめとけよ。なんて言葉、言う資格がない。そう思ってた。あいつがパク（逮捕）られたのは、俺に責任があるよなぁって、そう思い込むし

かなかった。現実から、目をそらしたことが、原因だな」ようやく開いた翔一の口からは、いつもの明るい声は出てこなかった。

苦しみという不純物を、体の中から絞りだそうとしているような声で、すこしずつが、言葉になっていった。

「最後の瞬間は、辛かっただろうなぁ」

そばにいる山崎に、話し掛けているとは思えない。

それは、独り言のようだった。

大きなため息が、1つの音階を保ち、長く、静寂をかき消す。

だるそうに、体を起した翔一はタバコの箱をひきよせて、1本抜き、もう1度すこし軽いため息をつきながら、くわえて火をつけた。

「大丈夫ですか？ 翔一君」

「なんとかね、まだ少し吐き気が残ってるけど、しばらくは我慢しないとな、ヤツは、もっと残念に思ってるはずだからね。だけど、うーん。俺だったら、どんな状況からでも、追いかけ直すと思うんだけどなぁ」

「何をですか？」

「夢だよ」

「うーん、僕も、そう思います」

「他に、なにかあったのかな？」

「解りません」

「人間が、絶対にそうしようと、思ってることを他人が反対だつっても、仕方ないことだけど。もう少し話をするべきだったなぁ。たった1度で、か」

翔一は、淋しそうに言った。

「そうですね」

「線香、あげにいくか」

「僕も、行きます。知らない人じゃないですし」

電話をかけ終えて、戻ってきた翔一は
「北海道だってよ、アイツの実家。すぐに行けるか？」

「大丈夫です」

翌日の昼、2人は函館にいた。

羽田空港から連絡を入れておいた片山の実家に、2人は直接向かった。

彼が、おさめられている白い袋を前にして、手を合わせ。そして、目を閉じた。

『長い付き合いじゃぁなかったけれど、思い出されるコトは意外に多いんだなぁ』

そんなことに、気づくのは
『こんなときしか、ないんだな』

自分と死んだ息子が、どういう付き合いをしていたのか何も知らない、年をとった彼の親達が、悲しさを押し殺して、つくった笑顔ですすめてくれたお茶をいただき2人は、最後に深く頭を下げた。

羽田に着いた頃、外はもう暗かった。

『今日飲んだあのお茶の味は、一生忘れそうにないなぁ』そう思いながら川崎へ引き返した。

「片山さんに、会いに行ってきたの？」香子が言った。

「なんだ、知ってたの」

「うん、何度か会ってる人だし、テレビで偶然、見て」

「そっか」

「翔ちゃん、聞いて。私とあなたは一緒にいるけれど、知らなくてもいいことなら、そのままでいいと思うの。全てを知ることが幸せに繋がるとは限らないから。でもね、あなた以外にも、翔ちゃんの全てを受け入れることのできる人間が、ここに居ることだけは忘れないで、責任感の強いあなたが好きだけど、片山さんの件では絶対に押しつぶされてはだめよ、翔ちゃんまで未来を閉ざしてしまったら、みんなが悲しむから」香子は、真剣なまなざしを翔一に向けて言った。


片山の骨に手を合わせたあのときから、体と精神に受け続けていたダメージは、少しずつ抜けていったが、完全に、自分の体から抜けきることが可能なのかは、解らない。

42　Separate Ways – Journey

ある日の夕方、翔一は下北沢にあるイタリアンレストランで、ある人物と食事をしていた。

相手の名は、森田。

横浜アリーナに、音響メカニックとして来ていた人物。

彼が集めた名刺の中から、ピックアップした一人。

翔一と、同年代のこの男は音響技術者を、10年以上もやっている大ベテランだった。

「そういえば、水嶋君は六本木でＤＪをやってるって言ってたよね」

「以前は、３店舗でやってたけど、今は１軒だけでやってます」

「最近は六本木あたりでも、古くからあった店がみんななくなっちゃったよね。僕が、音響屋をやり出した頃は、新宿あたりのディスコにも設備を置きに行ったりしたんだよ」

「森田君の仕事は、幅が広いですよね」

「音関係で、特に設備にかかわる仕事ならすべてのことをやるよね。設置から、セッティングまでね」

2人の食事が終わり、濃いエスプレッソが、テーブルに運ばれてきた。

「僕も、音響技術の仕事を覚えたいんですけど、森田君のところで勉強させてもらえませんか？」

「あー、そういうことなんだ？　今日の話って。それは、本当に好都合だよ。すごく忙しいんだよ、うちの会社。実は、君に会ったらそのへんの話をしようと、思っていたんだ。うちの会社は今、業務の拡張を模索してるところなんだよね。でも、全くの素人じゃーちょっと務まらない部分あるし、水嶋君がやってくれるっていうんだったら、こちらからお願いしたいくらいだよ」

森田は、喜んで承知してくれた。

こうして翔一は、株式会社テクニカルノイズで基本から技術を身につけることになった。

今までは、設置されている設備を使うことが仕事だった。けれど、その一歩前の形を、勉強してみよう。

これが翔一の導きだした方向だった。

『すべてを、マスターしよう』

その目的のために、テクニカルノイズ社を選び出した。

『音の道で、自分の未来を切り開いていく』

そう決めたのは、ついこのあいだのこと。

初日からの仕事は、音響機材を納入して図面の通りに機材を設置し、細かいイコライジングで、レベルのチェックをして、完全に立ち上がった商品をお客さんにひき渡す。

さらにこの会社は、コンサート・イベント用に、音響設備を貸し出すことも業務としている。その場合は、貸し出した機材を引き取ることも仕事の一部になる。

今まではずーっと、あるもの使う。という立場にいた翔一は、機材を設置するという立場に変わり、使う側のことを最大限に配慮し、使いやすさとハイエンドパフォーマンスの追求を目指した。

翔一の経験上、音響機材はお店、またはその場所にとって大変重要な備品であることは、疑いようのないことだけれど、極力小さなスペースに押し込められがちであり、それが機材を使う者にとって仕事のやりにくい環境になることが多い。

今までの経験で、それを知っていた。

テクニカルノイズ社で、仕事をすることになってコンビを組んだのは、相談をもち掛けた森田本人とだった。

朝、機材を車に積み現場へ向かう。

森田は、車を運転しながら設置する場所の図面と納入する機材のリストを、翔一に渡した。

「これが、今日の現場の見取り図と品物なんだけど、水嶋君がＤＪの立場で、レイアウトを考えて意見を聞かせてよ」

図面を見ながら、翔一は

「スペースが、限られている状況だからプレイヤーの操作性を１００％にするためのレイアウトが、必要でしょうね。基本的に、音が止まった後のことは考えなくてもいいでしょうから」

「さすがにただ者じゃないね。頼もしいよ、水嶋君」

芝浦のとある場所で、車は止まった。

目的の現場には『アダムス』というイベントハウスがあった。

ここ芝浦には最近になって、いろいろな店が乱立し始めている。

もともとは、倉庫ばかりが点在する単なる海岸通りだったはずだが、東京ベイエリア開発事業が進むにつれ、にわかに輝き出した街だ。

地下へ下りる階段を機材の箱を持って歩くのは、翔一にとって、かなりの重労働だった。

なにしろ、ここんとこ4、5年間、レコードよりも重いものはフィアットのハンドルぐらいしか、持ったことがなかったから。

『無理も、ないよなぁ』

アダムスの音響機材は、フロアー中央に設けられたDJブースに設置された。

スピーカーも定位置に配置され、細かい配慮でレイアウトされた位置を、全て確かめてから、ブース内に、置いてあったレコードでテストをしてみる。

真新しいターンテーブルとミキサーを使って、すべてのチャンネルにノイズがないか、チェックした。

一番心配していたターンテーブルの針飛びもなく、セッティングは上出来だった。

「どう？　ターンテーブルのほうは」森田が、DJブースの中に顔だけを入れて翔一に、訊いた。

「バッチシ、グーですね」そう言いながら、翔一はターンテーブルのストップボタンを、ポンと押した。

「音は、どうですか？」

「ボリューム・フェーダー関係の、ノイズはチェックOKです。基本的なイコライジングのパターンだけは、いくつかメモリーに入れておきましたからあとは現場の人間が、チェックしてくれると思います」

「低音、ハウ（ハウリング）らない？」

「ええ、それもチェックしました」

「さすがだね、水嶋君と仕事に来ると楽でいいね。ハハハ」そう言って森田は笑った。

翔一は、この場所でこれから先にある幾つもの夜に、自分がセッティングした機材を使ってＤＪやミュージシャン達が、パフォーマンスを繰りひろげていくこと想像して、そこに少しでも携わることができて、よかったと感じていた。

『こういった仕事にも、こんなに満足感があるんだなぁ』

今の時代、自宅にまで有線放送を設置してカラオケ設備も、本格的なヤツを個人で所有するようになると、当然、素人では設置することができなくなりテクニカルノイズも、忙しくなる。

「会社の中に、もう1つチームが増えたらしいよ」相棒の森田が、言う。

「なにを担当するんですか？」

「個人住宅用機器の設備部だってさ」

話を聞くと、森田はこの会社が始まったときからずっとここで仕事をしているらしい。

上層部の決定事項が、すぐに耳に入る環境に居るらしい。それを、すぐに翔一に話してくれる。

「会社は、儲かってるみたいだね」今、２人が受け持っている部署は、対店舗用機器が主体。

近頃は、従来のアナログ方式からデジタル方式に、音の変換方法が変わりつつあるため、音のよさを、売り物としているクラブやディスコは、こぞって新システムを導入する方向にあった。

また、新設される店舗もそれにならっていくため、連日残業の日々が続いていた。

「この状態は、そんなに長く続くわけじゃないですよ。ひと通り終わってしまえば、落ち着きますって」

43　On The Beat - B.B. & Q. Band

「水嶋君、今日仕事が終わったら、少し時間ありますか？」森田が、ふいに言った。

「ええ、大丈夫ですけど」

「じゃあ今日は、早めに切り上げましょう」

「はぁ」いつもの彼とは、少し違った雰囲気を感じた。

その日、2人の仕事は日本武道館へ貸し出す機材の搬入だけで終わった。

車で、下北沢のテクニカルノイズ社に着いたとき、4時を少し回ったところだった。

二人でユニフォームを着替え終わると、森田が
「さてと、じゃ行きますか」翔一に声をかけた。

「どこへ、行くんですか？」と訊くと
「行けば、わかりますよ」彼は、行き先を教えてはくれなかった。森田の後をついて歩き出すと、そこは、すぐ近くにあった。

敷地の面積が、300坪くらいはありそうな、まさに邸宅と呼ぶにふさわしい大きな門、森田はそのインターホンを押して
「ただいま帰りました。開けてください」そういったとき、翔一が表札に目をやると、やはりそこには森田という字が刻まれていた。

2メートル以上はあるだろう壁に、はまっている扉のロックが外れて、ドアが開いた。

森田に続いて、翔一も敷地内に足を踏み入れた。

「広い家だね」綺麗に揃えられた芝生からは、とてもすがすがしい香りがした。

「うん」

玄関を過ぎ、応接間に通されると、2、3度テクニカルノイズで見かけた気がする人物が、翔一を迎えた。

翔一にはもう、ここで自分の身に何が起こるのか想像することはできなかった。

「僕の父親で、テクニカルノイズの社長です」翔一と並んで座った森田が、そう言った。

「森田です」と言いながら、おやじさんは翔一に自分の手を差し出した。

「水嶋翔一です」と、とりあえず丁寧な挨拶を返した。

「今日来てもらったのは1つ、お仕事の話がしたかったことと、それともう1つ水嶋君という人間に、興味を持ったため一度、お呼びしてお話をしたい。そういう希望が私にありましたので彼に言って、お呼びさせてもらいました」

「急に、社長の家に行くからって言ったらイヤがるかと思って」息子の森田が言った。

「普通に話すだけだったら、この辺の居酒屋で話せばいいことだけれど、仕事の話というのが、そういうところでできる話ではないもので、ここまで来てもらった訳です。で、その話というのは」社長が大きな設計図を、テーブルの上に広げた。

見ると、いく層にも分かれた図面で、ビルの設計図のようだった。

「水嶋君にも、息子から伝わっていると思うんですが、テクニカルノイズ社は、今、業務の拡張をしています。今までは、機材の販売・納入・設置と、これだけでしたが、現在に至る日本の音響技術の進歩と、日本人の音楽や音に対する意識の変化に沿って、音の環境制作も事業の内容に加えよう、ということになりました。そうしたときには、今いる人間たちでは、対応できない方向へ転換することになっていくでしょう。そこんところが問題になっていたのですが、偶然、水嶋君がうちの会社に加わってくれるということを、息子から聞かされたことが、テクニカルノイズの未来を決める重要なポイントになりました。ですから、なるべく早いうちに、水嶋翔一という人間と会って、お話をしたかったという訳です」

「はぁ」まだ、いまいち解らないが、とりあえずあいづちを打つ翔一。

「というわけで、テクニカルノイズとしてもこのたぐいの仕事を受けるのは、初めてなんですが」と言いながら社長はテーブルの上に、広げられている図面を指さした。

翔一は、その指さす図面を
「いいですか？」と断り、ペラペラとめくって
「プロデュースですか？　ビル全体の」想像できることは、これだけだった。

「そうです、3階建てのビルの空間と音を、すべてやることになっています。空間と音のプロデュースは、すべて水嶋君に指揮をお願いしたいと思いますが、どうでしょう？　もちろんこの仕事に関しては特別に、手当てを支給します。

そして完成したときには、店名に、プロデュースドという形でテクニカルノイズの社名が入ります。もちろんプロデュースをした水嶋君の名前もね。そういう契約になっています。手当てのほうは正式な契約時にはっきりしたことをお知らせ致します」

『金なんかもらわなくても、やりたい仕事だ』翔一は、そう思っていた。

仕事の話が終わると3人は、下北沢にある普通の居酒屋で酒を飲んだ。

『あんな大きな家に、住んでいる割には気さくな人間たちだな』翔一は、そんなこと考えながら、2人の森田氏の間に座って酒を飲んでいた。

自宅に帰り着いたとき、時計の針は午後十一時をまわっていた。

「お帰りなさい」香子が、翔一を出迎えた。

「今は、まだ言えないけど大きなチャンスがやってきたよ。期待しててね」少し酔った気分が、とても気持ちよくて玄関で、香子にもたれて耳打ちをした。

44　Boogie Oogie Oogie - Taste Of Honey

次の日の朝、翔一が下北沢に着くと、スーツを着た森田が居た。

「今度は、僕が勉強させてもらうことになるね。一応、今日は昨日の話の現場を見に行きましょう」

2人の乗った車が到着したのは、開発が急ピッチで進められている芝浦。なかでも特に力が入っている地域の一角だった。

基礎工事が始まったばかりの現場は、太い鉄骨やコンクリート材なんかが、たくさんあちらこちらに積み上げられている。

その場所は、駅から遠い、というほどではないが、歩いてくるのには多少の時間を必要とするロケーションにある。

そのため、駐車場には100台以上の車が、収められるスペースをとってある。

「この辺だと、来客も車で来る人が6、7割かなぁ？」森田が言った。

オーナーサイドからの要望は、決まっている。

その決まっているものを中心として、周囲をどうデコレーションしていくか、それがプロデュース。

どれだけ集客数を長く保っていけるか。また、そうでないかは、全てプロデュースの良し悪しで決まる。

どんなに金と人手を掛けても、そうならないこともある。

もちろん、その逆もあり得る。

作る側からみれば、あくまでも主役はお店であるが、そこを訪れる来客もまた主役である。

その基本を忘れてはいけない。

この場所に来たお客さんは、1人残らず主役を演じることができる。

翔一は、ここをそういうお店にしていきたいと思っていた。

「僕も、翔一君の意見に賛成だな。受け身にいるはずのお店があまりにもお客さんを、おいてけぼりにしたとしたら、すぐに見切りをつけられるでしょうからね」

翔一と森田は、二人でキッチリまとめた計画書と見積報告書を携えて、テクニカルノイズ社社長とつれだち、オーナーに会いに行くことになった。

3人で向かったオーナーの家は、大田区の田園調布にあった。

そこは、多摩川を一望に見渡すことのできる。丘の上の大邸宅だった。

3人を迎えた人物は、社長の森田と大学時代からの付き合いで。人柄も大変気さくな人物だった。

そういったことにも後を押されて、多少あった翔一の緊張もときほぐされ、彼がまとめたプロデュースに関する提案を、思うままに説明することができた。

翔一にとって、この仕事は、全てが初めての経験だったが
『少ない時間のわりに、よくできただろう』自信は、あった。

彼の説明に、聞き入っていたその場の3人から、感嘆の声が漏れた。

翔一の立案したプランが、少ない時間でたてられたということを十分理解したうえで、多角面からの細かい配慮や、経営者側からでは、目につきにくい気配りと、それによって起こるさまざまな影響と、その先にある見通しまで……。

レポート用紙に書き出せば、何十枚にもなるような説明を、簡潔で解りやすいように報告した。

それを、聞いていたオーナーはまじめな顔をして
「水嶋君は、どこで経済学を学んだの？」と聞いたほど、それは素晴らしいプランに練り上げられていた。

帰りの車の中、社長の森田は
「いやあ、感心したよ。あの少ない時間で、よくここまでのプランを仕上げることが、できたね」と言って、翔一のプランをベタ褒めしていた。

翔一は、あごの辺がムズムズしてきて
「もう、解りましたから、おだてるのはやめてください。そんなにおだてても、僕にできることしかできませんから」と言った。

それ聞いていた息子の森田が、車のハンドルを握りながらクスクスと笑った。

下北沢に戻った翔一は、森田が誘った下北沢のザ・ミラクルを訪れた。

ここ下北ザ・ミラクルは、六本木ザ・ミラクルの姉妹店で、同様にダンスフロアーはないが、レコードの数は、ディスコの比ではない。

どんなリクエストにもこたえられる。それがザ・ミラクルの売りだ。

背が高めで、細い鉄筋を組み立てたようなスツールに座ると、森田が
「翔一君のプラン、変更されるところありますかね？」

オーナーは、計画書を預かり
「1日検討してみる」と、今日の打ち合わせの最後にそう言って締めくくった。

「大丈夫だよ、何にしろばく大な資金がかかることだけに、プランがあがって、よく見もしないで、いいよなんて言えないよ、まぁー多少の見直しはあるかもしれないけれど、基本的には、あのプラン通りに着手できると思うよ」

案の定、翌日オーナーからのゴーサインが出た。それを受けて、それぞれ業者への発注が始まった。

あわせて、1フロアーずつの細かいデザインが、並行して進行していった。

翔一は、プロデュースに着手してからは、下北沢には出勤せず。芝浦の現場に直行し、仕事が終わると川崎の自宅へ直接帰るようになっていた。

この仕事が始まってからというもの彼は、朝早くから夜遅くまで、現場で指揮をとっていた。

着々と、形をなしていくもの、そのひとつひとつが、自分の立てたプラン通り無理なく進行していくと、思い描いた最後の形へと確実に、近づいていく、
それが目に見える。
それに伴い、感動は少しずつ大きくなっていった。

大きな問題もなく、事故もなく、無理をしたというところもなく、工事のすべてが終わろうとしていた。

残すは、細かい備品や遅れている納入品が、届けば完成する。

もうすでに、テレビでも翔一の作品は映像として流されていたし、ラジオでも、大きく取り上げていた。

オーナーも二度三度と立ち寄り、翔一のプロデュースに対して、敬意の意を与えていた。

「少ない時間内に、大きな事故もなく、完成することができたのは、水嶋君が現場で働く人たちにも、気を遣ってくれたからだということは、私の耳にも入っています」と。

45　Hot Stuff – Donna Summer

オープニングレセプションは、2回に分けて行われた。

1回目は、テレビ・ラジオ局関係者と、あまり夜遅くまで起きていることのできない人たちが集まった。

このお店を造った翔一は、プロデューサーとしてテレビ局、ラジオ局からのインタヴューを受けた。

2回目のパーティーでは、本格的に音も出し、装備された機材のチェックも同時に行われた。

招待されたのはテレビ関係の業界人と、その関係者らの若い人たちが集まった。

その中には、翔一の関係者として、香子も、山崎も、及川も、そして新二も招待していた。

今の彼をつくり上げた大切な協力者達だから。

一通りのインタヴューを、撮り終え、森田をつれて、自分の関係者が集まっている席に顔を出した翔一が、言葉をきり出す前に、みんなが、

「おめでとう」と、口々に言ってくれた。

「ありがとう」翔一は礼を言った。そして
「この人が、今回この仕事をやることになったきっかけを作ってくれた森田さんです」

と言って森田をみんなに紹介した。

夕方から始まったレセプションパーティーは、真夜中まで続き、そして終わった。

お店全体が、見渡せる歩道の端に座って翔一は、タバコを一服していた。

隣に座っていた森田は
「どうですか？　感想は」と、訊いた。

「うーん。まず、森田君には感謝してる。そして、この仕事にも大満足してる。現時点で僕が持ってる能力を、最大限使うことが出来たと思うよ」

「あとはオープンしてからが、楽しみだなぁ。この店はハヤルと思うなぁ、たぶん一度来たら、もう一度来たくなる。そんな店になったと思うなぁ」

「うん、それがお店としての重要な要素だからね、一番気をつけたところはそこだよね」

そして2人は、しばらく黙って自分達のやり遂げた仕事を見つめていた。

「あっそれでね、あさってのリアルオープニングに顔を出したら、1週間休みをくれるって社長が、さっき言ってたよ」森田が、思い出したように言った。

「それは、なによりもうれしいね」

翔一の手掛けた芝浦のオープニングも無事に終わり、1週間の休暇を川崎の自宅で過ごしていた。
芝浦のプロデュースに取り掛かって2ヵ月以上、ほとんど休みもとらずに仕事にハマッていた。
雑誌なんかであのお店の紹介レポートを読んだりしたが、心配はなさそうだった。

意外に、反響は大きい。

1週間の休暇を取り終えて、再びテクニカルノイズに出勤した翔一は、以前のようにユニフォームに着替え、仕事の準備をしている。そこへ、森田が入ってきて
「何やってるの？　翔一君」と言うので、翔一は
「仕事の準備だよ」と答えると、
「翔一君の、そういう真面目なところ、僕は好きだなぁ」と、言って笑うので
「どういうこと？」不思議そうに聞くと
「朝、翔一君が来たらすぐに言おうと思ってたんだけど、ちょっと外に出てるときに翔一君が出勤してきちゃったんだ。今日からこの事務所と倉庫は、テクニカルセクションになって、別にプロデュースセクションが新しくできたから、僕と翔一君は、そっちへ移ることになったんですよ。オフィスは、このすぐ近くにしたから、翔一君は明日からそこへ出勤してくるようにしてくださいね」そう森田に言われ、服を着替えて彼の後をついて行った。
『いつの間にか、どんどん状況が変わっていくような気がする』悪い方向へでは、決してない。『しばらくはなりゆきでいきますか』
オフィスに着くと、新鮮な感じがした。

それもそのはず、そこは新築ビルの2階の1室、窓も大きくて照明がいらないくらい、太陽の光が差し込んでくる部屋だった。

実際のところ、重たい荷物を持っての仕事よりも、企画・プロデュースのほうが、楽でいいかなぁとは思っていた。

「森田君が、おやじさんに言って無理やり企画部を作ったの?」

「違いますよ、大変だったんですから、芝浦を仕上げてから、あっちからもこっちからも問い合わせが、本社の事務所にかかってきて。僕も、翔一君も休んでたから、対応ができなくて。自宅のほうにまで問い合わせが来て、親父なんかあわてちゃって、それで急きょ企画オフィスを作ることになったんですよ」森田の言葉を、あ然として聞いていた翔一は、

「そんなに、すごかったの?」と、訊いた。

「いやぁ、はっきり言って翔一君のやった芝浦のお店は芸術作品だと、他の人たちも認めたんですよ。この反響の大きさは、だれもが認めるところでしょうね」

『少しばかり、誉めすぎだろう』そうは思ったが、自信がなかったわけではない。

気分も、すこぶるいい。

「そうかぁ、それで社長は何て言ってるの?」

「えっ、何をですか」

「だから、企画の仕事を受けるのはいいけど、要するに価格の面だよ。これから始めようとする仕事の商品はさぁ。芝浦のときもそうだけど、形のないものが商品なわけでしょう。細かいアイディアを、ほどよく積み上げて、トータルバランスを商品にすることになるでしょう、その商品の価格について言ってるんだけど」

「あぁそれについては、僕と翔一君でよく相談をして、赤字にならないようにしろって言われてます」森田は、そう言った。彼の親父さんらしい言葉だ。

その日から始まったプロデュースワークには、順調に仕事も入り、それなりの実績もなんとなく挙げていけそうだった。

しかし内容的には、こじんまりした店舗からの仕事が大半を占め、芝浦で手がけたような大きな企画は、そうやすやすと入っては来なかった。

オフィスの机に向かい、翔一がドキュメントを作っているときに、森田が、

「ねぇ翔一君、最近問い合わせのときに多いんだけど、機材のほかに、エンジニアは貸してくれないのか？　という要望があるんだけど、翔一君、たまには気晴らしにＤＪやりに行ったらいいんじゃないかなと、思ったんだけど」

右手の動きを止めて聞いていた翔一は

「ＤＪって仕事は、結構ハードだからね。二足のわらじでは、相手に迷惑がかかるよ。で、件数としてはどのぐらい？」

「エーっと、イベントをやる。というお客さんからだと、７～８割くらいその話をしてきますね。まぁ、その場合ＤＪだけじゃなくて、音響機器全般のオペレーティングに対してのエンジニアということなんですけど、設備部の人間を、貸し出すわけにはいきませんから」

「じゃ今度、その手の問い合わせがあったらレンタルできるということで話を進めてみてよ。エンジニア１人に対して、１日いくらまで出せるのか、そのデータがある程度集まったら検討してみようよ、１日４万

円以上とれるならやってみてもいいね。地方の場合なら、移動費と長期間の場合なら、宿泊費用も別途で必要だな。そうしたら、専属契約のＤＪも２、３人確保する方向で打診しておこうか。現在、仕事をしていて、しかもある程度の自由がきくヤツをね」

「そちらの人員の確保は、翔一君におまかせしますよ」

「それと、このオフィスも僕と森田君の２人だけでは、仕事を処理していくことが厳しいよね」

「そうですね。広告出しますか？　求人の」

「いや、僕が何人か声をかけてみるよ、やっぱりこの仕事も全くの素人じゃない方が、いいだろうからね」

翔一は、机の上の電話で山崎のオフィスに連絡して近々、会う約束を取り付けた。

46　No Lines – The S.O.S. Band.

何日か経った夜、青山にあるレストランで翔一は山崎と軽い食事をしながら、テクニカルノイズでの新しい環境と、それに伴って人員を増やす予定を話していた。すると山崎は、

「そうですね、組織がきちんとしているところで、それをやるのが理想ですよね。翔一君のところは、基本的に音響機材の販売とリースなんだから、エンジニアスタッフを貸し出す仕事があっても、おかしくないスよ。いや、むしろ今までなかったほうが不思議なくらいですよ」と言った。

「うーん、よく考えるとその通りなんだよね、ほら昔さぁ、なんか仲間内で集まったＤＪ集団があってさぁ、みんなで仕事を取ってきて会社にしてたことあるじゃん、あんときもやっぱりイベントやスタジオ、それからもちろん、店舗にもＤＪを派遣してたし」

「そうそう、でも集まった人間たちはみんなが、ＤＪだけにわがままで、好き勝手な仕事を持ってきちゃあ、自由気ままにやりすぎて、すぐポシャッちゃったんですよね」山崎は、ニヤニヤしながら言った。

「あの当時では、まだまだ社会的にＤＪというものの存在価値が確立されてなくて、本当は、ミュージシャンと同じレベルで扱われるべきポジションのはずが、レコード係のように思われていたでしょ。世間が、そうだったから仕方がなかったけど、今ならそんな扱いは絶対に受けないし、うちのような会社に一部門としてあっても、不思議はないと思うんだ」翔一が言った。

「いやあほんとに、今、ＤＪの需要は伸びてきてますよ。うちでも、コンサートライブの前座なんかは、やっぱりＤＪを呼んでますよ。メインアーティストがダンサンブルな曲を持っている場合なら特に、開演前にお客さんを、慣らしておく必要があるわけですよ。でもその場合、本格的に踊らしちゃまずいんですよ。その一歩手前で止めておける微妙な選曲が、要求されるんです。そこらを理解できるＤＪが少ないので、僕も探すのに手間取ったりしてますよ。もし翔一君のところが、それをやるんなら、うちはきっとお願いするでしょうね」

「それで、山のとこの場合、ＤＪを呼んで1日のギャラは、どのぐらい出してるの?」

「一応、前座枠として、1日20万出てます」

「ＤＪ1日呼んで、音合わせやミーティング等々で、4時間ぐらいのもんでしょう?」

「まあ、そんなところですかね」

「それで、20万出しちゃうの?」翔一が、驚いて訊く。

「そっち関係は、僕が責任を持たされているんで、僕の胸三寸でしょう。もし穴が開いてＤＪが来ないときは、僕がやらされることになってますからね」山崎は、笑って言った。

「あとさぁ、うちのオフィスに1人補充しようと思ってるんだけど、My Pointsにいた理恵子は、今どこにいるのかわかるかな?」

「家に、いるんじゃないですかね。連絡してみましょうか？」

「うん、頼むよ。電話番なんかはさせないし、その気があるのなら、ＤＪの仕事も受けてくれると助かるからさ」と言って翔一は、自分の名刺を山崎に渡した。


こうしてテクニカルノイズ・プロデュースセクションには、翔一と森田、そして新しく入ったMy Pointsの元見習いＤＪの理恵子。その他に2人のＤＪと契約して、新業務をスタートさせた。

時代は、バブルが徐々にしぼみだし、景気は後退の一途をたどり始めていたが、この世から音楽が消え去ることなどあり得なく、したがって大きなお金を掛ける仕事は少なくなったとはいえ、テクニカルノイズ社は、テクニカルセクションもプロデュースセクションも忙しさを保っていた。

「翔一君、今テクニカルセクションのほうで、大きな仕事をやってますよ」森田は、出勤した翔一に言った。

「へぇーどんな？」

「レコード会社のレコーディングルームで、総額なんと1億円の仕事らしいですよ、ミキサーなんか120チャンネルのヤツが入ってて、オーケストラのレコーディングだって余裕で、出来るらしいですよ」

森田の言う通り、昔からあったレコード会社が、その規模を縮小している半面、新興勢力のレコード会社があっちこっちに設立され、そのため新規に、最新の機材を設置する仕事がこのところ増えていた。

「最近のレコード会社にしては、大きいね場所は、どこなの？」

「目黒の碑文谷だって言ってましたよ」

「あとで、ちょっと見学しに行ってこようか？」翔一には、興味があった。

「いいですよ、テクニカルセクションの人に詳しい場所を訊いて、担当者にアポ取っておきますから」

午後から、見学に出かけた翔一と森田の２人は、現場のレコーディングルームにいた。

「あと２日ぐらいで、出来上がっちゃうね」２人で話をしていると、翔一の肩をポンポンと、叩く人間がいた。

後ろを振り向くと、そこに立っていたのは、かつて六本木キューのハウスＤＪで、最後にあのリンククラブで会った永守だった。

翔一は思わず、昔を思い出してあの頃、二人でよくやっていた挨拶を交わした。握手をして、

「元気？」翔一が言った。

「うん、元気元気。水嶋君は、何でここにいるの？」永守が訊いた。

「ボクは、今テクニカルノイズで仕事をしてるんだよ。プロデュースセクションでね」

「ああそうか、音響機材入れてもらってるもんね。それより芝浦、よかったねぇ、水嶋君の仕事でしょう？　最高の出来栄えだったね。とりあえず、おめでとう」永守は、翔一の作品を評価して言った。

「いや、ありがとう。あの仕事ができたのは、この人のおかげなんだ」と言って、森田を永守に紹介した。

「ところで永守君は、なんでここにいるの？」今度は翔一が、不思議そうに訊くと

「あれから、半年も経たないうちに赤坂のお店、お客さん入らなくなっちゃってさ、お店はまだあるみたいだけど、俺は早めに見切りつけて、辞めちゃったんだ。この会社からスタジオ・ミキサーのオファーが来ていたんでね」

「じゃあレコーディング・ミキサーなんだ。いいじゃない、そっちもビッグチャンスだね、がんばってよ」

「お互いにね。今まで水嶋君とは、店で会って挨拶ぐらいしかしてなかったけど、せっかく今日会ったんだからさ、お互い同じ業界にいるんだし、連絡とり合えるようにしておこうよ」永守は、そう言って名刺に自宅の電話番号を書いて翔一に渡した。

それを受け取った翔一は、同じように自分の名刺を彼に渡した。

「じゃ、連絡します」と言って、永守は忙しそうにその場から立ち去った。

「あの人も、クライアント候補ですよね」森田は、翔一に訊いた。

「どうかな、わからないけどいい付き合いができるといいね」

47 Get Down On It – Cool & The Gang

新しく始まった仕事もようやく落ち着いてきて、朝から夕方までの勤務時間の中で、仕事を進めていけるようになった。

まぁたまには、企画部と設備部の人間が集まって一緒に、お酒を飲んだり。帰り道に渋谷あたりで、香子と待ち合わせして、食事をしたり。六本木でＤＪをやっている頃では、全く考えられなかった。

いわゆる、一般的な生活を送っていた。

『普通すぎるなぁ』不満ではなかったが、彼の気持ちの中には、なんとなく引っ掛かりがあった。

そんな思いに気がつきだした頃のOFF・DAYに部屋の電話が鳴った。

「もしもし永守です。どうも、御元気ですか」先日、偶然に再会した友人からの連絡だった。

「うん、元気だよ。どお、仕事のほうはうまくいってる?」翔一が訊くと
「うん、順調ですよ」

「それはよかった、どうしたの?　今日は、お休み?」

「そう、今日は休み。日曜日に休めることは、かなり珍しいんだけど、今日はたまたまね。休みっていっても、家に仕事を持ち込んで頭を抱えてたところさ」

「なんで?」

「いやうちの会社さぁ、まだ出来たばっかりだから、社名を広めるための企画でね、ダンスミュージック・リミックスのＣＤを、出すことにしたんだよ。それでね、ジャンルも３つに分けて、それぞれ名前が売れてるＤＪに、やってもらおうってことになってさぁ」

「ふーん、ジャンルは何？」

「ヒップホップとをソウル、あとはハウス」

「で、だれにやらせるの？」と翔一が訊くと、永守は
「頭が痛い原因はそれなんだよね、水嶋君、自分の仕事も忙しいだろうけれど、やってくれないかなぁ、ソウルで」

今の状態の彼が、一番求めている変化かもしれなかった。

「いいよ、その話受けましょう。最近、少し参ってたんだよね。きっと、いいものを作るよ」相手には見えないのに、思いっきり笑顔になっていた。

「はぁ、よかった。水嶋君が、今のところ一番ネームバリューがある人だから、ＣＭにも名前を使わしてもらうことになるけど、いいよね」永守が言った。

「うーん、それはどうかなぁ。この仕事を、僕個人で受けるかどうかは、今即答できる立場じゃないから。でも、永守君の希望にそえるよう何とかするよ」

「いや、もしテクニカルノイズ社との契約になったとしてもこっちは問題ないから」

翔一は、電話が終わるとすぐ、ターンテーブルのスイッチを回した。

『ずいぶん、触ってなかったなぁ』

次の日オフィスで翔一は、森田に永守からのオファーの内容を話した。

「それはよかったじゃないですかぁ。契約金の話なんか、どーでもいいですから、翔一君、頑張ってやってください。オフィスの仕事は、僕と理恵子ちゃんでやってますから」森田は喜んで賛成してくれた。

翔一は、すぐに永守の会社に出向き、契約書にサインをして、仕事に取りかかった。

まずは、かなりの間さわってなかったために鈍りまくった指先を何とか現役当時に戻すため、自宅に置いてあるターンテーブルで、感覚を取りもどす作業に熱中した。

『ターンテーブルを操作する』ということは0・1ミリ単位の細かさでピッチを合わせ、指先の微妙な感覚でレコードを操ること、それをプレイ中常に要求される。

『ずいぶんと、鈍るもんだな』

翔一が、1軒だけ残していた六本木のお店ダーティ・デライトは、芝浦の仕事に取り掛かるときにあがっていた。

だから約3ヵ月間、ターンテーブルに指1本触れていなかった。

翔一は、どんな選曲ラインにしようか、いろいろ試しながら何本かのテープを作った。

出来上がったそれらを持って、フィアットに乗り込んだ。

むかし、まだ彼がプロのDJになる前、お宅DJの頃から、自分の作ったテープを車の中で聴くことがよくあった。

車の中は、密閉された小空間であり、さらに移動しているため少しくらい大音量で聞いていても、人の迷惑にはならない。

リミックス・プレイの良し悪しを、確認するのにはベストな空間。

90分テープを2本作って、それを聞くだけで3時間かかる。

彼が車でテープを聞き終わって、帰ってくる頃、もう外は暮れかかっていた。

その日のテープの出来は、というと
『これから、調子も上がっていくでしょう』

出来はあまり、よくはなかったみたい。

部屋に戻ると、留守番電話が点滅していた。

「もしもし、永守です。連絡ください、よろしくお願いします」それを聞いて、すぐに彼の名刺を、取り出して電話をかけた。

「もしもし永守です」

「水嶋ですけど、どうしました？」

「いやあ、調子のほうはどうかな？と思ってね」永守は、機嫌よさそうに答えた。

「調子は、これから整える。という感じですね」翔一は、率直な状態を伝えた。

「水嶋君、今どんな調整をしているの？」

「うーん、まずはターンテーブル・プレイの感覚を取り戻す作業だね」

「そうか、じゃ明日からさぁ、うちの会社のレコーディングスタジオでやろうよ、オレも一緒にやるし。だから、直接この間のスタジオへ来てもらいたいんだけど。昼までに顔を出してよ、見せたい物もあるし」

翌日から翔一は、彼のスタジオで制作に入った。

永守の話を聞くと、現在進化中である音響技術の発展は、すさまじいものがあると、感じざるを得ない。

それほどの進化を遂げていた。

その基本にあるキーワード、デジタル。

翔一にも、漠然とした知識はあるものの、細かいことまでは知らなかった。

これが本音。

ここでその細かい部分の説明は、あえてしないが、一昔前のシステムでは、およそ考えられなかったようなことが、現在では簡単にできてしまうということ。

デモンストレーションテープを1本取り終えた翔一は、

「すごいねぇこれは、何でもアリだね。やりたいと思っていたことは全部できるんだね」感心して言った。

「でしょう、すごいよね。デジタル技術ってやつは。まあ、それでも一般人に手の届く値段じゃないけどね、この機材は」永守は、クールに言った。

「でも、こういう環境でリミックスだのノンストップだのなんて、作れるのが当たり前だよね、だから作る人のセンスが、売り物になるんだよね」

「そういうこと。この部屋の環境があれば、あと曲を知っていればDJでなくても多少センスのいいやつなら、売れるものを作ることはできるでしょう、時間さえあればね」

「全くだねぇ」ため息まじりに、翔一が答えた。

何本ものデモンストレーションテープを作り、関係者の意見を総合して、完成品がトラックダウンされた。カバーの中にはこのCDを制作したターンテーブル・プレイヤーの写真がプリントされ、全国のレコード・CDショップから販売されることになった。

仕事を完了した翔一は、永守の会社で打ち上げに参加した。

ギャランティーを支払われて、その日のうちにテクニカルノイズに顔を出した。

翔一が今回手がけた仕事は、社のみんなも知っていた。そして、その成功を喜んでくれた。

店頭に並べられたCDは、好調な売れ行きをみせ、テレビCMでも全国的に流された。

彼の顔も名前も、全国区になっていった。

六本木のディスコで、プロフェッショナル・DJとして出発し、その延長線上で仕事を一つひとつこなしてきた。
そういうつもりで、自分に出来ることだけをやってきた。
その結果が、みんなにも喜んでもらえている。
この状況を、翔一は本心からうれしく思っていた。

breaking dawn（エピローグ）

48　Ring My Bell – Anita Ward

自分自身にとって、とても大切でおそらくみんなも大好きであるはずの音楽。

もし、嫌いな人がいたら、好きになってほしくて、好きな人にならもっと好きになってもらいたくて。

彼の気持ちの底にはいつでもあった。どんな仕事をしているときにもあった基本。それは、音楽は楽しいということ。

永守から頼まれたリミックスCDの制作も終わり、テクニカルノイズ・プロデュースセクションに戻り、再び机に向かう日々が、翔一を待っていた。

彼にとってはテクニカルノイズの人間として、レコード会社へ出向し、一仕事終えてまた、自分の会社に戻った。

結果としては、それだけのこと、のはずだったが、翔一の心の中には、なんかはっきりとはしないが、おそらく不満のようなものがあって、それが及ぼす影響で、体に力が入らないような感覚が、自分の意識を包んでいるような気がしていた。

『なんか、違うんだよなぁ』

彼は、その原因が何なのか解っていた。

それは、久しぶりにターンテーブルで仕事をしたときに、うけたひとつの『カルチャーショック』たぶんそのせいだ。

人が、頭の中に思い描くもの。自分自身では、その良さがわかる。たとえ現実になくても、自分の頭の中にはあるし、その人はそれをいつでも見ることができる。

しかし、思い描いたものを他人に見せたいと思ったとき、人は能力を使って表現をすることになる。そのためには道具がいる。

基本的には言葉であり、または体・手による表現で、頭の中のイメージを表に出す。

誰にでも、ある程度はできる。

しかし、完ぺきな表現ができる能力を持っている人間は、あまりいない。

だから人は、絵筆や楽器を手にして、自分の心の内側にあるものを表現し、自分以外の者に伝え聞かせようと努力してきた。

それでも、絵筆や楽器を思い通りに使いこなすことは一朝一夕にできることではなく、血のにじむような努力と修練と、才能が納得のいく表現を可能にする。

翔一にとっては、ＤＪにしてもテクニカルノイズにしても手段の１つであり、最終的には、自分の中のなにかを表現するということが目標であり、目的だったはず。

どの表現方法にも、いろいろなマイナス要素があり、妥協せざるを得ない事柄が多くて、１００％の満足感が得られることなど本当に少なかった。

けれど、あのＣＤを作ったときに使ったシステムは、今まで感じたことのない満足感を自分に与えてくれた。

もし、あのシステムをもっと長い時間使うことができたら。

『あのシステムを使って仕事が、できればいいなぁ』翔一は、そう思っていた。

「この間の、レコード会社に設置したシステムのことなんですけど、他にも入れたところはありますか?」

「あのシステムは最新型ですから、まだあそこにしか入れてません。でもね、ひとつ前の型なら3ヵ所ぐらい納品してますね」

テクニカルセクションの部長は、納品の控えを見ながら答えた。

「最新型と旧型は、何が違うんですか?」

「外装のデザインが違うだけで、基本性能はいっしょですね」

「納品した3カ所って、どこなんですか?」

「えーっと、テレビ局と映画製作会社、あとラジオ番組を制作している会社ですね」

それを聞いた翔一は、

『なるほど、仕事さえ取ればあのシステムを使ってやれるな』そう思った彼は、とりあえず、1人で行動を起こした。

スティーリーワンダーのドライバーをしたときに、かき集めた名刺の中から、FM放送局プロデューサーで、一番仲良くなった望月という男に連絡をした。

「いやぁ元気? あのとき、他愛もない話をしていた水嶋君が、次々と大きい仕事を成功させたのには正直言って驚いていたよ。あんとき君にもらった名刺はまだ持ってるよ。いつか連絡しようと思っていたんだけどなかなか暇がなくてさ」

相変わらず、忙しそうに言葉を続ける望月に、食事の約束を取り付けた。

2人が、久しぶりに顔を合わせたのは、六本木にあるレストラン、ケニー・ローマ。

「望月さんの番組は、制作をどこに依頼しているんですか?」単刀直入に訊いた。

「うん、昔からやってもらっているオフィス109という会社に頼んでいるんだけどね」

「1社に？」

「いや、1社ってわけじゃないけど、頼めるところはあまり多くないよ、実際は」

「それじゃぁ受けるほうも、大忙しですね」

「うん、大変みたいだねあっちも」

「でも、ほんとは番組によってカラーも、違うんだから、いろいろな下請けがあれば、発注も分けて出したいんじゃないですか？」

「そうなんだよね、作る側が少なくてね。内容に、バラエティー性が不足しがちなんだよね。ラジオはキャラクターの顔が見えないからね。それを、何とかＤＪのトークと企画で変化をつけているという現状だね、今は」

「じゃあもし、うちの会社が制作部を作ったら、望月さん番組の制作依頼してくれます？」

「それはもう、させてもらいますよ、絶対に！」望月は、身を乗り出して言った。

「ラジオ番組の制作をすることについて、難しいことって何かありますか？」

「いいや、下地のない人間に対してだったら、いろいろと細かい指示を局側から出す場合もあるけれど、水嶋君がこないだ作ったあのＣＤを聞けば、君にとって、番組制作について難しいことは、何ひとつないね。ここでＣＭ入れてと指示されているところにプログラムしてあるＣＭのセットを組み込むだけ、そんなのはパソコンでいくらでも出来ることだよ。後は、あのＣＤを作ったときの調子で、決められた時間を仕上げてくればいいだけだよ」

望月の、その言葉を聞いた翔一は『いけるなぁ』と、さらに思い始めていた。

望月に会ったその後も、力のある関係者をピックアップして、意見を聞いて歩いた。

どこのラジオ局でも番組制作を、依頼する選択肢の少なさを嘆いているという実情が確認できた。

またシステムの応用も知り、用途の多角化が可能であり、さらに需要の拡大も、おおいに望める状況もあわせて認めることが出来た。

すぐさま企画書類を作成し、まず森田の説得にかかった。

「僕としては、翔一君が太鼓判を押す企画に、異議を唱える気持ちは一切ありません。早速社長に、説明しに行きましょう」

応接室で、社長に企画書を示し、翔一がラジオ局関係者と話した業界の実情と、現時点でテクニカルノイズが、この業界に食い込める可能性と意義を説明した。

「テクニカルノイズ・プロデュースセクションは、水嶋君を中心にして活動をしていくわけですから、これからも足りないものがあれば遠慮なくいってください」社長はそう言って、この企画を了承した。

「設備投資の金額が大きいから、少しは難しいかなぁと、思って気合入れて話しに行ったんだけど、気持ち悪いくらいすんなり通ったね」並んで歩く森田に言った。

「いや、そういうことではなくて社長も、翔一君のマルチな才能を認めているんですよ。それはテクニカルノイズの人間全員が、同じ気持ちだと思います。現に、今まで翔一君がうちの会社でした仕事はみんな、他の人がやっても絶対にあのレベルにはならなかっただろうし、会社の名前が日本全体に浸透したのも、すべて翔一君がいたからでしょう、社長の名前を知らない人でもテクニカルノイズの水嶋翔一は知ってますよ。翔一君は結構、おもてに出て仕事をしてるから、あまり、わからないでしょうけど、昔は音響屋なんて呼ばれてましたけど、最近はテクニカルノイズさんって呼ばれるようになったって言って、皆も喜んでましたし、だから、翔一君はうちの社員だなんて思わないで、テックノイズがバックアップしている水嶋翔一、個人としてガンガン上に上って行ってもらいたいと、みんなそう思ってますよ」

下北沢にあるテクニカルノイズ・プロデュースセクションオフィスの隣の部屋では、機材を入れるための防音工事が、施された。

そして、数々の機材が運び込まれ、1週間もすると、オンエアの準備は万端整った。

翔一は、設備が整うと、森田を連れてFM各局をまわり、準備が完了したことを各局の責任者に伝えた。

局まわりが終わり、何日か過ぎると、番組制作の依頼が入りだし、翔一ひとりでは、対応することができなくなっていった。

初めのうちは、理恵子に手伝ってもらっていたが、それでも間に合わず。

急きょ、派遣契約をしていたDJたちを制作スタッフに加えた。

予想を、はるかに上回るスピードだった。

仕事は、次から次へと入ってくる。

システムの操作法を教えながらのため、初めは余計な時間をとられていたものも、時間が経つにつれてさまざまなテクニックが、各人に備わり、製作時間も短縮されてきた。

そしてある日、自分たちが制作した番組のオンエアーを見に行ったとき、

「水嶋君、うちの局で声を出してみない？」プロデューサーが、言った。

ちょっと昔、翔一が未来のことについて新二と話してたときのこと思い出していた。

『そう僕は、ラジオのDJになりたい。そんなことを思っていたんだっけ』

いつからかそのことを忘れていたけど、道が自然にできていくその方向に進んできた。

『いや、忘れてしまっていたわけじゃないよ。心の中のどこかに必ずあったはず。そして無意識に、自分の夢に向かって歩き続けた。途中で、諦めることなく』

彼は、自分の持ち続けていた夢が、叶ったことを、古い友人たちすべてに伝えた。

49 Walk This Way - RUN D.M.C.

その日、翔一の姿は香子とともに成田空港の国際線ターミナルにあった。

「私から、翔ちゃんに話しておかないとならないことがあるの」川崎にある翔一の部屋で、香子がそう言ったのはこの日から約2週間前のこと……。

「私、イタリアへ行こうと思うの。私のボスが、勉強するならイタリアへ行って来い。と言ってくれてるの。もちろん、渡航費、滞在費は私のオフィスが負担してくれるって言ってるし、第一に私が行きたいと思っているの。翔ちゃんが成功への階段を駆け足で上って行くのを、すぐ近くで見ていて『いいなぁ』って、ずぅーっと思ってた。私にもきっと出来ることがあるから、自分の夢を現実にできるから、できると思うから、だから……私のステップアップを祝福してくれない？……してくれるよね？」香子は、そう言って翔一の瞳を射抜くように見つめた。

翔一は、香子のその告白を聞いて即座に、真正面からその瞳の力強さを受け止めて。

「OF COURSE！ 絶対に反対しないよ。そんなチャンスあり得ないよ。香子ちゃん、恵まれてるよ。そんなチャンス誰もが摑めるような幸運ではないね。でも、香子ちゃんっていったい何の仕事してんの？」翔一は、今まで一度も香子に彼女自身の職業を聞いたことはなかった。

「そう、翔ちゃんは一度も私の仕事を聞かなかったよね。なんで？」

香子は、翔一の顔に出る表情の全てを逃すまいと目の前の映像に集中していた。

「うーん、なんでかなー。それは多分、その情報は必要な要素の上位にくる必要がなかったんだと思うよ。うーん……多分、だってそれ以外のことは、佐藤香子のことは全部知ってるから、それで充分だから……訊かなかったんだよ、きっと」その翔一の答えを聞いて、そしてその表情を見て香子は「翔ちゃんなら、絶対にそう言ってくれると信じてたわ」香子は、パタパタとスリッパを鳴らして翔一の両手を取り、自分の胸に当てて。

「翔ちゃんの分身として、あなたに恥じない人になって、あなたの元にきっと帰ってくるから……」

空港の滑走路が一望に見渡せるデッキに、翔一は新二と二人で、今地面から飛び立とうとするアリタリア航空の747を見つめていた。

「半端じゃねーな。翔ちゃん、カッコいいぞぉ」新二は、俺にはできないよという表情で言った。

「そうかぁ？　フツーのことだよ。先のことは何にも解らないんだから」翔一は言った。

「でも、もしものときはうちの店で披露宴やってくれよな」現在の新二は、広尾にあるお母さんのお店を引き継いで……というよりは、皿洗いの修行から頑張っているらしい。

「いつになったらタキシードが着れることやら……」と、いつもこぼしている。

「お母さんは、変わらず元気そうだね」翔一は、まぶしい雲をバックに高度を上げていく機影を見つめながら言った。

「おー、マジで元気一杯でうれしいよ」新二は、翔一の横顔を見ながら言い、

「さてと、香子ちゃんの荷物運びも終わったし、そろそろオンエアーといきましょうかね。翔ちゃん」

マイクに少し顔を寄せて、音声を出力するフェーダーを手前から人差し指で、音もなくスライドさせる。

そうして、彼の声は初めて風に乗った。

たぶん、水嶋翔一を知るすべてのリスナーが、ダイヤルをチューニングする。

スピーカーから流れ出した彼の、ファーストブレス。
夢は、見続けていれば、必ず叶うから。
歯をくいしばることなんか必要ないよ。だからリラックスして。

Keep・Keep・Keep

Keep your Dreams

FIN

〈著者紹介〉
DJ Ritchy（DJ　リッチー）
1965年2月1日生まれ。川崎市出身、渋谷区広尾育ち。
13歳でDISCO DANCEに出会う。DANCE FLOORデビューは新宿・無限。
その後、六本木や横浜のDANCE FLOORで踊りまくり、20歳頃からターンテーブルプレイヤーとしての修行を始め、21歳のときに六本木でDJとしてデビュー。
各DANCE FLOORでプレイした経験が本書のエッセンスになっている。

DJ

2017年9月19日　第1刷発行

著　者　DJ Ritchy
発行人　久保田貴幸

発行元　株式会社 幻冬舎メディアコンサルティング
〒151-0051　東京都渋谷区千駄ヶ谷4-9-7
電話　03-5411-6440（編集）

発売元　株式会社 幻冬舎
〒151-0051　東京都渋谷区千駄ヶ谷4-9-7
電話　03-5411-6222（営業）

印刷・製本　シナジーコミュニケーションズ株式会社

検印廃止

ISBN 978-4-344-91298-4　C0093
幻冬舎メディアコンサルティングHP
http://www.gentosha-mc.com/